나의 꿈
Via Mea

나의 꿈(Via Mea)

발행일	2018년 3월 28일		
지은이	전 규 찬		
펴낸이	손 형 국		
펴낸곳	(주)북랩		
편집인	선일영	편집	권혁신, 오경진, 최예은, 최승헌
디자인	이현수, 허지혜, 김민하, 한수희, 김윤주	제작	박기성, 황동현, 구성우, 정성배
마케팅	김회란, 박진관, 유한호		
출판등록	2004. 12. 1(제2012-000051호)		
주소	서울시 금천구 가산디지털 1로 168, 우림라이온스밸리 B동 B113, 114호		
홈페이지	www.book.co.kr		
전화번호	(02)2026-5777	팩스	(02)2026-5747

ISBN   979-11-6299-040-7 03810(종이책)   979-11-6299-041-4 05810(전자책)

이 도서의 국립중앙도서관 출판예정도서목록(CIP)은 서지정보유통지원시스템 홈페이지(http://seoji.nl.go.kr)와 국가자료공동목록시스템(http://www.nl.go.kr/kolisnet)에서 이용하실 수 있습니다. (CIP제어번호: CIP2018008869)

나의 꿈

전규찬
지음

Via Mea

북랩 **book** Lab

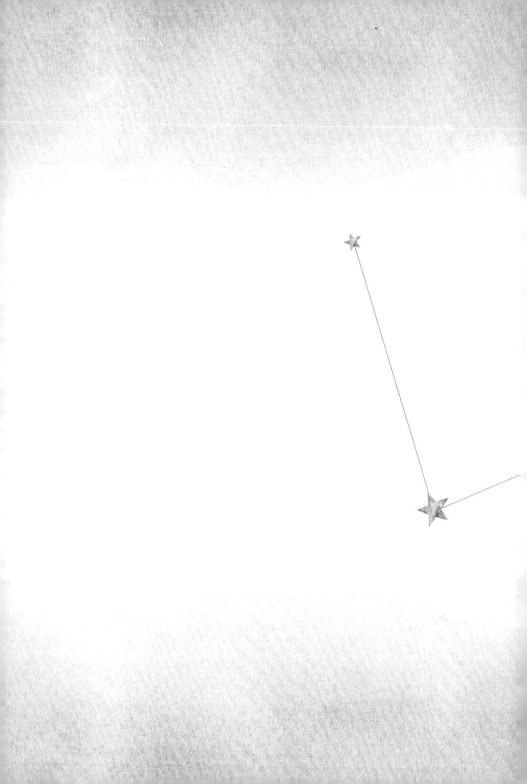

내 유년에게

그리고

찬란했던 그 모든 순간을 함께한

모든 이들에게

마지막으로

가장 소중한 사람에게

모든 사람에게는 자신만의 꿈이 있다. 당장 눈앞에 보이지도 않고, 손에 잡히는 것도 아니지만 손을 쭉 뻗어보고 싶은 그러한 꿈 말이다. 어릴 적 꿈을 그대로 품은 채 성인이 되어서도 그 꿈을 좇는 사람도 있고, 혹은 나처럼 성장하는 과정에서 꿈이 여러 번 바뀌는 사람도 있다. 이 이야기에서 나는 내 삶과 함께 변화하는 나의 꿈과, 그로 말미암아 내가 내린 선택에 대하여 중점적으로 다룬다.

'나만의 꿈 이야기'는 내가 어릴 적, 글을 쓰는 것에 관심을 가지기 시작했을 때부터 꼭 써보고 싶었던 이야기 중 하나다. 한국 나이로 치면 아직 고등학교 2학년인 내가 무슨 쓸 이야기가 그렇게 많겠냐고 생각할 수도 있겠지만, 쓸 이야기의 양보다는 글을 씀으로써 내 삶의 목적을 정리해 보는 것에 더욱 큰 의미를 두어야 한다고 생각한다. 남들보다 비교적으로 더 많은 것을 경험한 나로서는 내 파란만장했던 16년 동안의 삶을 정리해보는 것에서 더욱 큰 의미를 찾을 수 있다고 생각한다. 그 깊은 의미를 마음 속에 다시 한 번 새기며 이 글을 쓰기 시작하겠다.

글쓰기에 앞서, 이 글에서 무엇을 찾을 수 있을지 고민하는 독자에게 저자인 내가 말하고 싶은 것은 단 하나이다.

'꿈을 좇아라.'

당신의 꿈은 무엇인가? 당신은 그 꿈에 미쳐본 적이 있는가? 미쳐본 적이 없다면 그 꿈에 한 번 미쳐볼 자신이 있는가? 그 꿈을 위해 무엇이든지 할 수 있겠는가? 이 외에는 내가 저자로서 이 글을 읽을 당신에게 바라는 점은 없다. 나는 내 삶을 관통하는 내 목적을 이 글에 고스란히 담아 놨고, 이 책을 통해 영감을 얻거나 얻지 않는 것은 온전히 독자인 당신의 몫이다. 내가 이 글에 투영할 나의 삶은 남들의 것과 크게 다르지 않다. 나는 소위 말하는 '금수저'도 아니며, 다른 이들보다 머리가 비상한 것은 더더욱 아니다. 물론 좋은 부모님을 만나 별 볼 일 없지만 유복한 어린 시절을 보냈다. 남들보다 실력이 뛰어나서가 아닌 그저 '운'이 조금 더 좋아 더 많은 경험을 했을 수는 있다. 하지만 그렇다고 해서 다른 이들이 나보다 못난 삶을 산 것은 아니다. 오히려 나와 한날한시에 태어난 사람 중에서도 나보다 훨씬 뛰어나고 더 큰 잠재력을 지닌 이가 많을 것이다. 다시 말하면, 이 이야기는 지극히 평범한 사람의 다양한 경험을 다룬다. 심지어 그 경험 또한 이야기의 중반부에 가서야 모습을 드러내고, 이야기의 전반부인 제1장은 대한민국에서 자라는 평범한 한 학생의 이야기를 담고 있다. 남들과 다르지 않게 학교에 다니던 한 학생의 공부 이야기, 친구 이야기, 여행 이야기, 학교 이야기, 심지어는 조금의 로맨스 이야기까지 담고 있는 이 책은 그야말로 짬뽕이다.

대한민국의 학생이라면 누구든지 이 책을 읽으며 공감대를 형성할 수 있다. 방금 이야기했지만, 이 책의 전반부는 대한민국의 한 평범한 학생의 이야기를 다룬다. 대한민국에서 초등학교, 중학교를 나온 학생이라면 누구든지 경험해 보았을 만한 이야기들이다. 물론 대부분이 내 삶과 악기, 공부에 관한 이야기를 다루고 있지만 간간히 나오는 친구들의 이야기들을 통해 많은 독자는 공감대를 형성할 수 있을 것이다. 또한 이야기의 중후반부에는 나와 같은 조기유학생들이 공감대를 형성할 수 있는 부분이 많을 것이다. 이 책을 읽으며 내 인생을 어떨 때는 비난할지 모르지만 또 어떨 때에는 함께 울고 웃을 수 있을 것이다.

　그러나 저자로서 독자에게 꼭 바라는 한 가지가 있다면, 절대 이 이야기를 자기계발의 원동력으로 쓰지 않았으면 하는 것이다. 지금 소개할 이야기의 주인공인 나 전규찬은 성품이나 실력이 남들보다 아주 뛰어난 사람이 아니다. 아까도 설명했지만, 전규찬은 지극히 평범한 사람이나 그저 운이 남들보다 조금 더 좋아 조금 더 많은 경험을 할 수 있었던 인물이다.

　나는 이 이야기에서 내 경험과 이야기에 더불어 내 관점 또한 다루고 있으나, 그 관점을 어떻게 해석하느냐는 독자의 자유이다. 내가 독자에게 '무엇을 어떻게 해라'라고 할 수 있는 유일한 것은 좇을 가치가 있는 '꿈'을 가지라는 것이다. 그 이외의 부분에서 나는 독자의 생각에 전혀 영향을 끼치지 않을 것이며 그렇게 하고 싶은 마음은 더더욱 없다. 흔히 자기계발서에서 말하듯 '열심히 노력하라' 혹은 '정신상태를 바로잡아라'라는 말 따위는 절대 하지 않겠다고 약속한다. 이런 말은 삶의 목적을 성취하는 데 오히려 독이 된다. 오직 노력만으로 성공할 수 있으면 이미 세상 사람 전부가 성공했어야 했다. 세상에 노력하지 않는 사람이 어디에 있는가? 세상에 꿈이 없는 사람이 어디에 있는가?

나의 삶은 1%의 재능과 9%의 노력, 그리고 90%의 운으로 이루어져 있다. 운으로 포장된 내 삶으로 다른 사람의 삶을 정의하고 싶은 마음은 꿈에도 없다. 내가 유일하게 남들에게 자랑스럽게 소개할 수 있는 건 내가 가진 '꿈'밖에 없기 때문에, 이전에도 말했지만 내 이야기에서 당신이 얻을 수 있는 쓸모 있는 것이 단 하나 있다면 그것은 '꿈에 미칠 듯 집착하는 방법'이다. 내 이야기는 큰 꿈을 품은 평범하지만, 그저 운이 조금 좋았던 한 사람의 것이다.

2018년 3월

| CONTENTS |

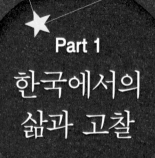

Part 1
한국에서의
삶과 고찰

큰외삼촌과 첫 번째 꿈

어렸을 적 나는 미국에 계신 나의 큰외삼촌을 동경하며 자랐다. 나의 어머니 김경미는 삼 남매 중 둘째로 태어났는데, 자기 전 침대에 누워 있던 내게 오빠, 즉 나에게는 큰외삼촌의 이야기를 해주시고는 하였다. 어머니께서는 내게 큰외삼촌이 어떻게 자랐는지, 그의 꿈이 무엇인지, 그리고 왜 지금은 미국에서 살고 계신지까지 전부 말씀해 주셨다.

내가 들었던 이야기 중 가장 흥미롭고 존경스럽게 느껴졌던 것은 그가 미국에 가 있는 이유였다. 큰외삼촌의 꿈은 노벨상을 타는 것이어서 지금은 그 꿈을 이루기 위하여 미국에 가서 연구하고 계신 것이라고 하셨다. 큰외삼촌께서는 그야말로 나의, 우리 가족의 자랑이셨다.

큰외삼촌께서는 존경받을 만한 분이시다. 그는 나처럼 부산에서 태어나 나의 어머니 그리고 작은외삼촌과 함께 지내시며 학교에서는 공부를 게을리하지 않으셨다. 또한 가족들에게는 효심이 깊은 아들이요, 남을 배려할 줄 아는 친절한 오빠이자 형이셨다. 그는 어릴 적부터 머리가 비상하여 상위권의 성적을 거두지 않은 적이 없으셨다.

그 덕분에 그의 아버지이자 나의 외할아버지께서는 당시로서는 상상하기도 힘든 큰외삼촌의 일본 유학을 도모하셨다. 외할아버지께서 하신 선택은 선견지명이었다. 그의 아들을 향한 무한대에 가까운 지지는 가히 대단하였다. 외할아버지께서는 큰외삼촌께서 필요한 학비가 얼마가 되었든 내주실 생각을 가지고 계셨지만, 큰외삼촌의 생각은 사뭇 달랐다. 자신의 대학교 학비까지 가족에게 손을 벌리는 것은 불효라고 생각하셨던 큰외삼촌께서는 학비를 스스로 마련해볼 생각을 가지고 계셨다. 하지만 도쿄 대학과 교토 대학, 두 군데의 의학부에서 구애를 받으신 큰외삼촌께서는 심한 갈등에 빠지실 수밖에 없었다. 도쿄 대학은 당시 아시아 최고의 대학이었고, 특히 의학과 중 그 명성을 따라올 수 있는 연구기관은 당시 아시아에 존재하지 않았다. 그러나 도쿄는 물가가 비쌌고, 도쿄 대학에서는 장학금을 내줄 의향이 전혀 있지 않아 보였다. 반면 교토 대학은 외삼촌에게 장학금은 물론 생활비까지 전부 지원해 주겠다는 의사를 선뜻 내비쳤고, 큰외삼촌께서는 도쿄 대학보다 조금은 덜 유명할지 모르나 여전히 일본, 나아가 아시아에서 손꼽히는 대학인 교토 대학으로 가기로 하셨다.

그는 거기서 열심히 공부한 끝에 의학 박사 학위를 받으셨고 지금의 외숙모를 만나 미국으로 건너가는 것을 선택하셨다. 그 후 예일 대학교의 의과 대학원에서 부교수로 일하시다 지금은 미국 국립보건원(NIH)에서 유방암을 연구하고 계시는데, 나는 어린 시절 항상 이러한 큰외삼촌의 일화를 친구들에게 자랑삼아 말하고 다니고는 했다. 막연했지만, 또 한편으로는 '나도 과연 큰외삼촌처럼 될 수 있을까?' 하는 생각 또한 하였다.

덕분에 어렸을 적 나의 꿈은 큰외삼촌의 영향을 많이 받았다.

큰외삼촌께서는 미국에서 한국으로 돌아오실 때마다 내게 선물을 사 오시고는 하셨는데, 외삼촌의 전공 분야가 분야인지라 주로 공룡 장난감이었다. 공룡 로봇도 사 오셨고 또 가끔은 공룡 백과사전도 사 오셨다.

그때 내 첫 번째 꿈은 공룡 박사가 되었다. 티라노사우루스, 트리케라톱스, 그리고 프테라노돈까지 줄줄 말하고 다녔다. 집에 돌아오면 항상 외삼촌이 사 오신 공룡 백과사전을 펼치고 공룡 사진을 보며 이름, 그리고 심지어는 무슨 종류인지까지 전부 외우고 다녔던 것 같다. 내 집에는 공룡 장난감이 즐비했고, 친구들과 만날 때도 나는 공룡 이야기만 했으며, 심지어 텔레비전 프로그램도 공룡에 관한 것만 틀어 놓고는 하였다. 당시 공룡에 대한 나의 열정은 그 누구보다 컸고, 어머니께서도 나의 그러한 열정을 아셨는지 공룡 박물관이나 전시회에 나를 자주 데려가 주시곤 하셨다. 덕분에 나는 공룡에 더 많은 관심을 두게 되었으며, 그것을 전문적으로 다루는 직업에도 자연스레 관심을 두게 되었다.

지금도 학교 수업 중 가끔 공룡에 관련된 이야기가 나오면 심장이 뛰는 것을 느끼며 열띤 토론을 펼치곤 한다. 고등학교 생물학 수업 시간에 진화론에 대하여 배울 때 공룡과 그들이 살았던 시대를 제대로 배우지 못한 게 얼마나 아쉬웠던지 모른다.

공룡에 관한 관심 덕분에 그림 실력이 눈에 띄게 향상된 이야기도 빼놓으면 아쉽다. 매일 공룡 사진을 보며 그것을 완벽하게 따라 그리기 위해 스케치북에서 종이를 몇 장씩 찢어 놓고, 크레파스도 몇 묶음씩 사서 방에 놓아두곤 했다. 그림을 완성하면 어머니께 달려가 평가를 바라며 귀찮게 하기도 하였다. 그러나 덕분에 지금도 그림 그리기는 나의 취미 중 하나가 되었다. 이것은 고등학교 미술 수업에서 100점 만점에 99점을 받은 원동력이기도 하다. 아, 현재도 내 그림 실력은 수준급이라고 자부할 수 있다. 그저 그 시절 기초를 잘 다져 둔 나 자신에게 감사할 따름이다.

'공룡 박사'라는 장엄했던 꿈은 초등학교, 중학교를 거치며 점점 희미해져 갔다. 나이가 들며 그 꿈은 몇 번이고도 다른 것으로 바뀌었지만 아직 그것에 대한 동경심은 마음 한구석에 고스란히 남아있다. 그리고 여전히 외삼촌은 내게 선망의 대상이자 자랑이며 그가 아직도 끊임없이 하고 계시는 연구를 보면 '과연 어떤 사람이 저렇게까지 무언가에 매달릴 수 있는가?'라는 생각이 들기도 한다. 그는 언젠간 그 꿈을 이루고 말 것이라고 나는 당당히 말할 수 있다. 또 외삼촌께서는 그 꿈을 이루실 자격이 있다고 나는 자신있게 말할 수 있다. 누구든지 자신이 원하는 것, 꼭 이루고 싶은 것에 죽기 살기로 매달리면 못할 것은 없다. 꿈이 있고, 그것에 죽을 만큼 매달릴 수 있다면 당신의 인생은 이미 반은 성공한 것이다. 죽을 만큼 매달릴 꿈이 없다면 서둘러 찾아라. '쫓을 꿈이 없는 자에게는 미래도 없다'고 하지 않는가? 꿈을 가진 자와 가지지 못한 자의 차이는 하늘과 땅 차이다.

어린 시절

나는 2001년 10월 12일 부산 위생병원에서 태어났는데, 태어나자마자 수원으로 이사했다. 나는 지금도 부산 사투리를 구사하고 자신을 부산 사람이라고 소개하지만, 나의 어릴 적 기억속에 부산은 전혀 없다. 또한, 아쉽게도 수원의 기억도 거의 없다. 수원에서는 영통동에 살았는데, 주말마다 아파트 앞에서 펼쳐지던 시장에 들러 뻥튀기를 사 먹은 것을 제외하고는 동네에 대한 기억은 거의 없는 듯하다. 주변 이웃과 이렇다 할 교류도 하지 않았고, 동네 친구 또한 많이 사귀지 않았다.

사실 영통동은 나에게 있어서 조금은 꺼림칙한 동네이기도 하였다. 어느 날 잠자리에서 꿈을 꾸었는데, 꿈에서 나는 얼굴에 검정 숯을 잔뜩 뒤집어쓴 채로 울고 있었다. 우리 집은 불에 타고 있었고 나 혼자만 집 안에 남아 갇혀 있었다. 얼마나 생생했던지 지금도 그 꿈을 떠올리면 식은땀이 흐른다.

사건은 꿈을 꾼 다음날 점심때 발생했는데, 우리 아파트 바로옆 동의 아파트에서 불이 난 것이다. 덕분에 태어나서 처음으로 소방차 구경을 하기도 하였고 나는 어머니께 내가 꿨던 꿈을 이야기하려 했지만 차마 그러지 못했다. 그만큼 내가 그 꿈을 꾸었다는 사실에 두려웠고, 나는 그게 트라우마로 남아 있었던 것인지 7살이 될 때까지 밤에 혼자 잠을 청하지 못하였다.

또 다른 날에는 어머니께서 나를 집에 혼자 내버려 두시고 잠시 일을 보러 나가신 적이 있었는데 왜인지 문이 잠겨버렸다. 나는 집 안에 갇혔고 어머니께서는 밖에서 들어오시지 못하고 발만 동동 구르고 계셨다. 어머니께서는 울고 있던 나에게 당시에 우리 집에 있었던 말과 같이 생긴 목마 형태의 놀이기구를 타고 있으라고 하셨다. 나는 울면서 그 말을 따랐고, 소방관이 와 문을 따고 어머니께서 들어오시어 나를 안아줄 때까지 무려 40분 동안 울며 목마를 타고 있었다. 그러한 경험들 때문인지 나에게는 영통동에 관한 좋은 기억은 물론이고 다른 어떠한 기억도 남아 있을 수가 없다.

특이했던 것이 하나 있다. 나는 기독교라서 어렸을 적에 어린이집 대신 선교원을 다녔다는데 그 기억이 생생하다. 성경책을 배우거나 텃밭을 가꾸기도 했고, 가끔은 현장학습을 떠나기도 하였다. 이따금 내가 수원에서 다녔던 선교원의 전도사님과 친구들이 그리워질 때가 있다.

2007년, 아버지께서 직장을 옮기신 탓에 우리 가족은 여수로 이사했다. 여수에서 나는 영어 유치원에 다녔다. 당시에는 왜 우리 어머니께서 날 영어 유치원에 보내셨는지, 왜 영어 유치원이 중요한지 몰랐지만, 생각해보면 그 선택은 지금의 나로 발돋움하는 데 큰 영향을 미친 요소 중 하나이다. 어렸을 적부터 영어를 쓰던 외국인들과 함께 수업한 덕분에 지금 내가 미국에서 학교에 다니며 외국인들과 대화를 해야 할 때 더욱 자신감 있는 목소리를 낼 수 있고 학교생활 적응도 더 빨리할 수 있는 것 같다. 미국 문화에 익숙한 이유 또한 어릴 적부터 미국 역사를 배우고, 기념일도 함께 축하하며 보냈던 것 때문이 아닐까?

영어 유치원 시절 나는 좋은 친구들도 많이 사귀었는데, 주말마다 집에서 함께 놀던 나와 가장 친한 친구 중 하나가 광주로 전학 갔을 때는 얼마나 슬펐는지 모른다. 지금은 연락이 되지 않지만 'SNS의 보급이 조금만 더 빨랐더라면' 하는 아쉬움이 마음 한자리에 남는다. 물론 아직도 소소히 연락하며 지내는 유치원 친구들이 몇몇 있기는 하다. 2년이라는 길지 않은 시간 동안 다닌 영어 유치원을 졸업할 때 나는 처음으로 졸업 사진이란 것을 찍어 보았다. 나의 모습과 친구들의 모습이 담겨있는 졸업사진은 아직 내 방 책장의 두 번째 칸에 자리하고 있다.

2008년, 영어 유치원을 졸업한 나는 그렇게 여도 초등학교에 입학했다. 우리 학교는 여수 지역에서 가장 뛰어난 명문 사립 초등학교였고, 아무나 입학할 수 있는 학교가 아니었다. 그러나 그만큼 학구열도 치열해서 학업에서 좋은 성적을 받기는 쉽지 않았다. 집에서 가까이 있지도 않았으며 차를 타고 20분 가까이 달려야 학교 정문에 다다를 수 있었다.

2008년 3월의 이른 봄날에 나는 여도 초등학교 강당에서 입학자 대표의 선서문 낭독을 들으며 선배들이 씌워준 왕관을 머리에 쓰고 6년간 지내게 될 학교에 첫걸음을 내디뎠다.

1학년 2반, 우리 반은 학교 입구 바로 근처에 있었기 때문에 찾는 데 큰 어려움은 없었다. 처음 반에 자리했을 때 나의 얼굴은 웃음기 없이 굳어 있었다. 아는 친구들이 아무도 없었기 때문이다. 8세 아이에게 새로운 친구들 사귀는 일은 마치 새로운 언어를 배우는 것만큼 어려운 일이었다. 첫 며칠 동안은 그 누구와도 친하게 지내지 못했다. 나 혼자만 영어 유치원 출신의 1학년이었기 때문에 다른 유치원에서 온 친구들과 공통점을 찾는 일은 결코 쉬운 일이 아니었다.

하지만 다행히도 일주일이 지나고 한 달이 지나자 나도 차츰 학교의 생태계에 적응하기 시작하며 친구를 몇몇 만들었다. 주말마다 가장 친했던 친구 집에 가서 장난감을 가지고 놀고, 학교에서는 쉬는 시간마다 종이 딱지를 가지고 놀거나 만화영화 이야기를 하며 보냈다. 그렇게 시간을 보내니, 어느덧 여름방학이 다가왔고 나는 평생 처음 만난 여름방학에 마냥 즐겁기만 하였다. 매일 집 앞의 수영장에서 놀았고, 주말이면 가족들과 함께 부산, 서울이나 강원도로 놀러 갔다. 그러나 내가 한 가지 생각하지 못했던 것은 바로 방학 숙제였다.

아직 숙제라는 개념에 익숙하지 않았던 시절, 2학기 개학 날 나는 학교에 그 어떤 과제물도 가지고 가지 못했다. 크게 문제가 되지 않으리라고 생각했지만 내 생각은 완벽하게 틀렸다. 덕분에 하루 동안 복도에서 양손을 번쩍 들고 서 있었다. 친구들이 가져온 과제물과 나의 빈 책상을 비교했을 때 얼마나 부끄러웠던지. 벌을 받은 것보다는 친한 친구들은 과제를 해왔지만 나는 해오지 않았다는 사실 때문에 더욱 부끄러웠고, 자존심이 상했다. 그날 집에 돌아가자마자 방에 들어가서 온종일 침대에 누워 울었던 것 같다. '조금이라도 완성한 뒤 다음날 가져갈까?' 하는 생각도 해봤지만, 늦게 내는 과제는 그 무엇도 되지 않는다는 생각에 그렇게 하지 않았다.

다음날, 학교에서는 가정통신문을 한 장 나누어 주었는데, 관현악단 신입생을 모집한다는 공고문이었다. 당시 나는 악기에 관한 지식이 전혀 없었다. 하지만 반 친구가 어깨에 첼로를 메고 가는 것을 본 후 멋지다는 생각을 하고 있었기에 덜컥 신청서를 내버렸다. 그야말로 우연히 첼로를 시작하게 되었다. 그게 나의 인생에 막대한 영향을 끼칠지는 꿈에도 모르고 그저 막연히 일주일에 두 번, 30분씩 교습을 받기 시작했다.

1학년 2학기는 성적이라는 개념을 알게 된 시기이기도 했다. 처음으로 받았던 시험 성적은 절망적이었다. 담임 선생님께서 학부모 상담 때 나와 함께 있던 어머니께 직접 시험지를 꺼내어 보여줄 정도로 심각했던 것 같다. 좋지 않은 것은 알았지만, 크게 신경 쓰지는 않았다. 초등학교 1학년은 성적을 잘 받는 것보다 뛰어놀며 더 풍부한 경험을 쌓는 게 더 중요하다고 생각했고, 우리 부모님 또한 성적보단 그렇게 하는 것이 더 중요하다고 생각하신 덕분에 나는 다른 친구들보다 더 여유롭게 생활할 수 있었다. 내가 우리 부모님을 존경하는 또 하나의 이유이다.

그렇게 많은 사건이 있었던 2학기가 지나고, 겨울 방학과 봄 방학이 지난 끝에 2학년의 첫날이 찾아왔다. 지금의 나는 2학년 때에 대해 좋은 기억을 지니고 있지 않다. 당시 담임 선생님이 너무나도 싫었고, 반 아이들 또한 별로 마음에 들지 않았기 때문이다. 학교생활에 있어 특별한 일 없이 무난히 흘러가긴 했지만 지루하고 절망적이었던 일 년이라는 생각이 내 마음에 크게 자리한다.

담임선생님은 나에게 꿈을 불어넣는 것에 실패했으며 오히려 내가 꿈에 대해 좌절하게 만드는 것에 앞장섰다. 그렇다고 수업을 잘 가르치는 것도 아니었다. 담임 선생님은 이상한 신념과 말도 안 되는 논리로 아이들을 체벌했으며, 사리 분간이 어려운 것인지 수업시간에는 교과 내용 이외의 소리를 하기 바빴다. 담임은 내 학업에 전혀 도움이 되지 않았고 당연히 내 성적은 곤두박질쳤다. 결국, 나는 자연스레 학교생활에 관심을 잃고 말았다. 마치 악몽을 꾸는 듯했다. 2학년, 나는 컴퓨터 게임에 빠져 살았고 꿈에 대해 생각을 해본 적 또한 없었다. 부모님께서도 이때 실망을 많이 하셨으며 집에서도, 학교에서도 나는 전혀 기쁘지 않았다.

2학년 2학기의 생일을 일주일 앞둔 가을날, 나는 친구와 놀이터에서 만나기로 약속한 시각에 맞춰 도착하기 위해 집 앞에서부터 뛰어갔다. 뛰던 중 앞에 있던 작은 갓난아기 키 정도의 수풀을 보지 못한 것이 화근이 되어 그 자리에서 앞으로 곤두박질쳤고, 왼팔을 심하게 다쳤다. 의사가 말하길, 뼈가 말 그대로 산산조각이 났다고 한다. 덕분에 큰 수술을 해야 했고, 수술 뒤에도 재활을 위해 2개월간 병원에서 살았는데, 우연히 그때 담임선생님도 교통사고로 같은 병원에 입원했다. 가끔 담임선생님의 병문안을 온 학부모들을 마주쳤을 때 어떻게 인사해야 할지 몰라 당황했던 기억이 있다. 그냥 못 본 척 지나친 적도 몇 번 있다. 같은 병원에 있었지만, 담임 선생님과 나 사이에 유대감이 거의 없었기 때문에 인사치레 방문한 것을 제외하고는 따로 방문한 적은 한 번도 없다. 나쁜 생각이지만, 오히려 마음 한편으로는 '잘 됐다'라고 여겼다.

　초등학교 2학년이라 학교생활은 걱정할 것이 없었기에 병원생활은 생각보다 나쁘지만은 않았고, 단지 맛 없던 병원 밥만 적응하면 됐다. 생각해보면 내가 다쳐서 입원하게 된 것은 그렇게 큰 불행은 아니었을지도 모른다. 담임 없는 우리 교실은 난장판 그 자체였고, 결국 담임과 내가 병원에 함께 입원해 있던 2개월간 우리 반 아이들이 한 것이라고는 색종이 접기 따위 말고는 없었다. 지금 생각해보면 여도 초등학교의 미숙한 대처이므로 교육청에 고발당해 마땅하지만, 초등학교 2학년 아이들이 무엇을 알았겠는가?

　12월 말, 병원에서 나와 학교로 돌아갔지만 반갑게 맞이해 주는 이도 없이 시간은 자연스레 흘러 나는 겨울방학을 맞이했다. 봄방학도 끝나 나는 2학년 생활을 마무리했다. 그리고 드디어 악몽 같던 2학년의 굴레를 벗어나 3학년 1학기를 시작했다.

　학년이 바뀐 뒤 가장 좋았던 것은 더는 받아쓰기 시험을 치르지 않아도 된다는 것이었다. 2학년, 나의 학교생활에 큰 고통을 안겨주었던 받아쓰기를 이제는 하지 않아도 된다고 생각하니 이는 마치 꿈만 같았고 기쁜 마음으로 학기를 시작할 수 있었다. 처음으로 '즐거운 생활'이나 '슬기로운 생활' 같은 교과서가 아닌 국어 교과서와 사회 교과서를 펼쳐본 것이 3학년 때이기도 하였다.

그러나 나는 여전히 공부와 거리가 멀었다. 수학 성적은 바닥을 쳤고, 다행히 그나마 쉬웠던 국어나 사회만 줄곧 100점을 받아냈다. 어쩌면 이과로서의 꿈을 접은 것이 이때이지 않을까?

3학년은 정식으로 학교 관현악단 활동을 시작한 시기이기도 했다. 그러나 관현악단 활동은 처음에 성공보다는 좌절이 크게 다가왔다. 우리 관현악단의 지휘자는 이종만 선생님이셨는데, 이미 선배들에게 무섭기로 소문이 나신 분이셨다. 덕분에 지레 겁을 먹어 첫 연습부터 실수를 많이 저질렀다. 그에게 좋은 인상을 남겨주지 못한 나는 결국 가장 뒤에서 두 번째 자리로 배치받았다. 3학년의 어린 나에게 있어서 관현악 연습 시간은 공포 그 자체였고, 일 년 동안은 숨죽여 지낼 수밖에 없었다.

여름방학이 끝난 2학기에 나의 삶에 새로운 변화가 찾아왔다. 처음으로 학교 회장 선거라는 것에 출마하여 당선되었는데, 반에서 가장 인기가 많았던 나의 여자 짝과 맞붙어 이긴 것이었다. 선거에서 떨어진 그 여자아이가 우는 얼굴을 봤을 때, 한편으로는 미안한 마음이 들기도 했지만 기쁨의 감정이 앞섰다. 내가 한 학기 동안 우리 반을 이끌게 된다니, 참으로 중요한 역할이 아닌가. 당선 직후 교탁 앞에 서서 소감을 발표할 때의 짜릿함은 아직도 잊을 수 없다. 지금에서야 되돌아보면, 한 학기 동안 내가 반을 위해 무엇을 했는지, 공약은 제대로 다 지켜냈는지는 알 수 없다. 하지만 아이들과 마지막 수업 날 이야기를 나눌 때 그들에게 좋은 학급회장이었다는 칭찬을 들었고 나는 그것만으로 충분했다.

기분 좋게 3학년의 두 번째 학기를 마치자 다시 추운 겨울이 찾아왔고, 나는 또다시 한 학년 진급하여 4학년이 되었다. 처음으로 '고학년'이라는 꼬리표를 달고 등교했고, 이제는 교내에서 어느 정도 선배 행세를 하는 것도 어렵지 않았다. 후배인 1학년, 2학년에게 있어서 나는 오르지도 못할 산과 같은 존재가 되었다는 생각에 자만하기도 하였다.

하지만 여전히 성적이 나의 발목을 잡았다. 가장 큰 문제는 여전히 수학이었다. 대분수, 가분수, 진분수…… 전혀 이해할 수 없었던 용어들에 나의 뇌의 사고(思考) 알고리즘은 붕괴하였고, 그것이 그대로 성적에 반영되자 결국 우리 어머니의 참고 참았던 분노가 터져 나왔다.

그 결과로 나는 태어나서 처음으로 수학 과외를 하게 되었다.

수학 과외와 함께 영어 학원도 다니기 시작했는데, 둘 다 한국을 떠날 때까지 5년 가까운 시간 동안 함께한지라 거기서 있었던 일은 아마 평생 추억에 남을 것이다. 학원에는 좋은 선생님들께서 계셨고, 또 그곳에서 좋은 친구들도 많이 사귀었다. 아직 친밀하게 연락하는 친구들은 대부분 다 영어 학원을 함께 다녔던 친구들이다. 여수에 들러야 할 일이 생길 때마다 빠지지 않고 꼭 방문하는 장소 또한 그곳이다. 과외와 영어 학원 공부를 시작한 뒤 성적은 필연적으로 오를 수밖에 없었고 4학년 2학기 기말고사 이후로 나는 줄곧 시험에서 만점을 받았다.

4학년 때는 학급회장 대신 부회장을 하였는데, 학급회장과는 다르게 그 역할은 미미했고(사실 학급회장도 대단한 역할을 하는 것은 아니지만) 학급의 상징적인 존재에 더 가까웠다. 하는 일 중 중요한 것이라고는 하교 전 청소를 지도하는 일 밖에 없었다. 그러나 그 상징적인 지도자 역할도 나에게 큰 책임감을 안겨주었으며 학급회장이었던 3학년 때처럼 매일 무거운 짐을 어깨에 올린 느낌으로 등교했다.

처음으로 학교 차원에서 1박 2일 여행을 간 것도 4학년 때였다. 마침 학교의 사회수업에서 백제의 역사를 배우고 있을 때라 그 역사가 깃들어 있는 백제의 옛 도읍인 충청남도 공주시로 떠났다. 처음으로 친구들과 함께 가는 여행이라 설렌 마음이 가득했다. 그곳에서 어떤 것을 보게 될지, 또 밤에 숙소에서는 어떤 놀이를 할지 궁금해하며 버스에서 친구들과 함께 수다를 떨었다. 당연히 즐거운 여행이 될 것으로 생각했고 우리 모두 그렇게 믿어 의심치 않았다. 첫째 날 일정을 모두 무사히 마치고, 밤에 숙소로 돌아온 우리는 '진실 게임'과 같은 놀이를 하며 즐겁게 지내다 잠을 청했다.

그러나 둘째 날은 순탄치 않았다. 당일 아침, 베개 싸움을 심하게 하던 나와 한 친구는 결국 심하게 다투고 말았고 그것이 크게 번져 둘째 날의 여행지에 도착해서까지 주먹다짐을 하고 말았다. 친구의 코에서는 피가 흘렀고, 나는 내가 무슨 짓을 한 것인지 알지 못했다. 기뻐야 할 현장체험학습에서 주먹다짐했다는 사실이 부끄러웠는지 나와 그 친구는 울어버리고 말았고 우리는 모두의 놀림거리가 되었다.

그러나 다행히 나는 그 좋은 친구를 잃지 않았다. 내가 먼저 나서서 그에게 화해를 청했고, 그도 거리낌 없이 받아들였다. 좋은 사람을 얻는 것은 몹시 어렵지만 잃기는 아주 쉽기에 나는 걱정이 컸고 그가 나의 사과를 받아들인 덕분에 나는 좋은 사람을 곁에 남겨둘 수 있었다.

4학년 2학기 또한 끝나자 따뜻한 봄이 찾아왔고, 학년은 또 바뀌었다. 5학년이 되자, 나는 스스로 생각이 더 자랐다고 생각했는지 부모님께 반항하기 시작했다. 한창 '마인크래프트'라는 게임이 유행할 때였고 학교에서는 친구들과 게임 이야기만 했다. 수학 과외와 영어 학원에서 이미 예습을 충분히 했기 때문에 학교에서는 따로 공부하지 않아도 상위권 성적을 유지하는 것은 누워서 떡 먹기였다. 그래서 집으로 돌아오면 바로 컴퓨터를 켠 후 키보드를 두드리는 것이 일상이 되어버렸다. 나에게 있어서 학교생활은 정말 쉬웠고, 집에 와서 학교에서 배운 내용을 예습과 복습하는 것은 사치였다. 잘못된 습관이었고 나중에는 중학교 1학년의 실패로 이어졌지만, 그때 당시 나는 무엇이 잘못된 것인지 전혀 알지 못했다.

5학년 때, 처음으로 교환 학생 프로그램에 참여했다. 여름방학 때 항저우에서 교환 학생 친구가 우리 집으로 놀러 왔고, 일주일간 함께 같은 식사를 하고 같은 곳을 여행하며 친구 '쑤이 양'에게 한국의 문화를 소개했다. 가끔 그와의 의견 충돌이 있어 다투었던 적도 있지만, 먼 외국에서 온 친구인 탓에 더욱 살갑게 맞아주려고 열심히 노력했다. 겨울방학 때는 내가 중국 항저우와 상하이를 방문해 일주일간 지냈다. 교환 학생 프로그램에서 얻게 된 가장 큰 것은 '다른 나라의 언어를 알고 그들의 문화를 아는 것이 얼마나 큰 도움이 되는가'라는 질문의 대답이었다. 나는 초등학교 4학년 때부터 중국어를 배워왔고, 중국에 갔을 때 최대한 배웠던 것을 쓰려고 노력했는데, 그 노력이 내 중국에서의 경험에 불러온 변화는 아주 컸다. 그들의 문화를 이해하고, 생활 방식을 이해하며, 또 그들 고유의 전통을 이해하는데 필수적인 것이 바로 그들의 언어를 아는 것이고 그들과 친해질 수 있는 문을 열어주는 열쇠 또한 언어 장벽의 붕괴이다. 그때 알게 된 외국어 공부의 중요성은 후에 나를 바꾸는 계기가 되었고 성공적인 삶으로의 또 다른 열쇠가 되었다.

초등학교 5학년 시절로 돌아가, 모난 데 없는 성격과 깔끔한 행실로 반에서 아이들의 인기를 얻게 된 나는 다시 한 번 학급회장에 당선되었다. 최상위권의 성적과 학급회장의 권력을 쥐게 된 나는 두려울 게 없었고, 그 힘을 학교에서 남용했다. 한창 학생 인권이 강조되던 시절, 철없던 나와 내 친구들은 수업 시간에 선생님께 반항하기에 바빴으며, 그때 당시에는 그것이 잘못된 것이라고 생각조차 하지 못했다. 지금이라도 그 당시로 돌아가 담임 선생님께 용서를 구하고 싶다. 그분께 나는 떳떳하지 못한 제자였고 아직도 그때 나의 제멋대로였던 태도가 후회로 남는다. 그분께서는 스승으로서 우리에게 최대한 많은 것을 가르쳐주시려고 노력하였고, 좋은 학생이 되기 위하여 지녀야 하는 기본 소양 또한 자주 깨우쳐 주셨지만 우리는 그러한 그의 노력을 깡그리 무시한 채 학생 인권이라는 프레임 안에서 그에게 반항했다. 이 얼마나 안타까운 일인가? 꽃이 지고 나서야 봄인 줄 아는 것은 아무런 소용이 없다. 제자로서 스승에 대한 예의는 최소한이라도 보이도록 노력하는 것이 맞는 도리이며, 그것이 좋은 학생의 본보기일 것이다. 그 예의를 보이지 않았던 나는 결코 좋은 학생이 아니었으며, 아무리 공부를 잘했던들 쓸모가 없었다.

"인간이 먼저 되어라." 5학년 때의 담임 선생님께서 우리에게 자주 하시던 말씀이다. 학생 인권을 따지며 어른에게 반항하기 전에 먼저 자신이 훌륭한 인간인가 생각해보는 것이 맞는 듯하다.

3학년 때와는 다르게, 5학년의 나는 관현악단에서 꽃을 피다. 나의 첼로 연주의 재능이 막 꽃피기 시작했고, 악기 연주가 즐거워지기 시작했으며, 덕분에 관현악 연습이 더는 두렵지 않았다. 이종만 선생님에 대한 내 생각 또한 '무서운 지휘자'에서 '참된 스승'으로 점차 바뀌었다.

다시 겨울이 지나고, 마침내 초등학교 생활의 정점인 6학년에 올라섰다. 동시에 학교에서의 내 위치 또한 정점을 찍었다. 2013년은 나에게 있어서 독보적인 해였다.

승마 중인 동생과 나의 모습.
당시 동생과는 사이가 별로 좋지 않았지만 서로 웃고 있는 모습이 보기 좋기는 하다.

    첼로 하나로 호남 지역을 휩쓸었고, 학교 성적 또한 여전히 최상위권을 유지했다. 내게는 좋은 친구들이 있었고, 그 덕분에 행복한 학교생활을 할 수 있었다. 주말마다 친구들과 함께 자전거를 타고 바닷가를 달렸고, 1박 2일로 캠핑을 가거나 서울로 놀러 가기도 했다. 그야말로 즐거운 한 해였다.

    또 첼로 실력이 많이 늘었기 때문에 6학년 때 나의 꿈은 첼리스트로 자리 잡았다. 서울 예술 고등학교와 한국 예술 종합학교를 거친 뒤 뉴욕 줄리아드 음악학교로 유학을 가겠다는 구체적인 꿈까지 세웠다. 나는 무엇이든지 다 할 수 있을 것만 같았고, 내 미래에는 꽃길만 펼쳐져 있을 것만 같았다. 담임 선생님과 진학 상담을 할 때도 그러한 나의 꿈에 대해서 자랑스럽게 말씀드릴 수 있었고, 선생님께서도 자신감 넘치는 나의 태도에 미소를 띠셨다.

2013년은 처음으로 글을 쓰는 것에 관심을 가지기 시작한 해이기도 하다. 어머니께서 내게 J. K. 롤링의 해리포터 시리즈를 읽어 볼 것을 권유하셨고, 어릴 적부터 책 읽는 것을 즐기던 나는 첫 권을 붙잡아 읽기 시작했다. 이야기에 푹 빠져버린 나는 무려 일주일 만에 첫 권『마법사의 돌』부터 마지막 권인『죽음의 성물』까지 끝내 버렸다. 그것으로 그치지 않고 영화까지 전부 찾아 시청했다.

처음으로 읽은 판타지라는 장르는 내게 작지 않은 충격을 주었고, 나는 새로운 세계에 눈을 뜨게 되었다. 그 뒤로부터 인터넷을 살펴보며 여러 판타지 소설을 찾아보았고, 나는 판타지 소설 중에서도 아버지 격이 되는 소설을 읽어 보기로 했다. 그 끝에 찾은 소설은 판타지 소설의 거장, J. R. R. 톨킨 경의 반지의 제왕 시리즈였다. 책을 배송받자 서둘러 포장을 뜯은 뒤 첫 장을 펼친 나는 한순간에 중간계의 이야기에 빠져버리고 말았다. 프로도와 반지 원정대의 영웅담, 그리고 그 안의 세세한 설정들은 전부 나를 감명시키기에 충분했다.

반지의 제왕 시리즈를 끝낸 뒤 나는 그의 다른 책들인『호빗』,『실마릴리온』, 그리고『후린의 아이들』까지 전부 읽었고, 매일 밤 그가 만들어낸 가운데땅 세계에서 여행하는 꿈을 꾸곤 했다. 그의 가운데땅 이야기 안에서 톨킨 경은 자신만의 신화를 창조해냈다. 그는 언어학자라는 특기를 살려 '퀘냐'라는 소설 속의 높은 요정 '놀도르'들이 쓰는 언어를 창조해 냈고, 가운데땅의 모든 역사를 자신의 손으로 직접 만들어냈다. 이 얼마나 놀라운가?

그에게 깊은 감명을 받은 나는 이제 내가 직접 그러한 책을 써보고 싶었고 곧장 문구점에서 원고지를 사 글을 써내려 나가기 시작했다. 여러 판타지 소설로부터 충분히 영향을 받아 이미 모든 설정은 내 머릿속에 있었고, 나는 그 설정을 연필로 옮겨 적기만 하면 되는 것이었다. 나는 나의 세계를 창조해 냈고, 그 전부를 약 한 달 만에 토해낼 수 있었다. 약 150페이지 분량의 원고가 완성되었고 마지막 문장의 끝에 마침표를 찍자마자 나는 제일 먼저 어머니께 원고를 보여드렸다. 나의 재능을 꿰뚫어 보셨던 어머니께서는 내가 쓴 원고를 책으로 엮어서 내게 주셨고, 초등학교 6학년, 나는 처음으로『트리비아 이야기』라는 나만의 책을 갖게 되었다. 비록 정식 출판은 하지 못했지만, 당시에는 나만의 이야기를 만들어 냈다는 사실만으로도 뛸 듯 기뻤고, 날마다 책상에 앉아 나의 트리비아 이야기에 살을 붙여 다른 이야기를 만들어가며 시간을 보냈다.

초등학교 6학년 여름방학에는 학교 차원에서 하는 필리핀 어학연수에 참가하기도 했었다. 학기 초 학교에서 가정통신문을 받은 직후 친구들과 함께 장난스럽게 재미있겠다며 지원할 때는 단순히 내 친구들도 하기에 쉬울 것이라는 생각이었다. 하지만 막상 여름방학이 시작되어 어학연수가 코앞으로 닥쳐오자 나는 당연히 긴장될 수밖에 없었다. 무려 한 달간 부모님과 떨어져 머나먼 이국땅에서 지내야 한다는 사실은 나를 더욱 초조하게 만들었고 이는 출국 전날이 되자 스트레스로 변했다. 나는 어머니께 계속해서 신경질을 냈지만, 어머니께서는 그러한 나의 마음을 잘 아시는지 내 신경질을 전부 받아 주기만 하실 뿐 아무 말도 하지 않으셨다.

커다란 여행 가방 하나에는 내가 한 달간 입을 옷들이 차곡차곡 담겼다. 필리핀은 몇 차례 가본 적이 있지만, 항상 여행이나 휴양이 목적이었지 공부를 하러, 혹은 영어를 배우로 가본다는 생각은 해본 적이 없었다. 그렇게 비행기에 올라 필리핀 땅에 도착하자 문득 부모님 생각이 났다. 아직 도착한 지 1시간도 채 되지 않았는데 벌써 부모님과 집, 그리고 내 책상이 그리워졌다. 처음 며칠 간은 그리움에 어서 집으로 돌아가고 싶은 마음뿐이었다. 설상가상으로 감기몸살에 걸려 앓아누웠으니 본래 목적이었던 어학연수에 집중할 수 있을 리 만무했다.

그러나 서서히 시간이 지나자 집과 부모님을 그리는 마음은 희미해져 갔고 나는 필리핀에서의 삶을 즐기기 시작했다. 주중에는 어학연수를 했고 주말에는 친구들과 함께 놀이동산에 가거나 해변으로 수영을 하러 가는 일상이 계속되었다. 그러한 즐거움이 절정에 다다를 무렵, 어느새 시간은 한국으로 돌아가기 전날 밤이 되어있었다. 필리핀에서의 경험은 아마 평생 잊지 못할 것이다. 어학연수를 통해 본질적인 영어 실력을 늘리기보다는 해외에서 내가 직접 영어를 사용해 외국인과 소통을 하고 여러 가지 생활을 한다는 점에서 값진 경험을 얻을 수 있었다. 결국, 한국으로 돌아왔을 때 몇백만 원의 어학연수로 얻은 것은 귀중한 '자신감'이었으며 이는 내가 나중에 성장하여 해외로 나갈 때 큰 도움을 주는 발판이 되었다.

여름방학이 끝나자 2학기는 매우 빠르게 지나갔다. 담임 선생님과의 마지막 수업을 마친 2014년 3월의 겨울, 나의 얼굴에는 기쁨과 슬픔의 미소가 동시에 번져 있었고 손에는 내 이름이 새겨진 여도 초등학교 졸업장과 내 어릴 적 추억이 고스란히 담긴 졸업 앨범이 들리어 있었다. 내가 입학했던 그 자리에서, 나는 여도 초등학교를 졸업했다.

첼로와 두 번째 꿈

첼로가 나의 삶에 미친 영향은 이루 말할 수 없을 정도로 크다. 앞서 설명했지만, 나는 첼로를 초등학교에 입학하자마자 시작했으며, 그 악기를 배우기 시작하게 된 계기는 한심하기 그지없다. 그저 친구가 어깨에 메고 갔던 그 커다란 악기가 멋있다는 이유였다. 또 처음 몇 년간은 연습하는 것이 정말 싫었고, 왜 배워야 하는지 알지 못했으며, 나를 위해 직접 차를 몰아 첼로를 가져다주시던 어머니만 고생하셨다. 60만 원 가까이 들여 구매한 연습용 첼로는 방 한구석에서 먼지만 뒤집어쓰고 있었고, 결국 못쓰게 되어 60만 원을 그대로 허공에 뿌린 셈이 되고 말았다.

초등학교 5학년 때까지, 나는 첼로라는 악기를 다룰 줄 안다는 것에 우쭐해서 만나는 사람이 '취미가 무엇이냐'고 물으면 첼로를 연주하는 것이라고 대답했다. 하지만 실제로 그들 앞에서 연주하는 모습을 보여줄 마음은 없었고 자신감 또한 없었다. 초등학교 2학년 2학기 말경에는 왼쪽 팔이 산산조각이 나버리는 바람에 첼로를 연습할 수 없었고, 악기 생각은 하지도 않고 지냈다.

문제는 다음 해부터 당장 관현악단에 들어가야 한다는 것이었다. 그해 12월, 병원을 떠나 다시 학교로 돌아가고, 첼로 레슨도 다시 시작하였으나 실력이 예전 같지 않음을(원래도 보잘것없었다) 느꼈다. 원래도 좋지 않았던 실력이 더 추락하다니, 희망은 없는 듯 보였다. 선생님께서 나에게 건네주신 관현악단 오디션 악보를 보자마자 그 난이도에 놀라 나는 활에서 손을 놓아버렸다. 곧 있으면 신학기가 시작되는데, 언제 다시 악기에 적응하고, 악보를 연습해 그 많은 사람 앞, 특히 이종만 선생님 앞에서 연주할 수 있다는 말인가? 능숙한 연주자들도 하는 것이 실수인데 몇 개월 간 연습이라고는 한 적도 없는 내가 어떻게 오디션을 통과하겠는가? 당연히 오디션 결과는 참혹하기 그지없었고, 맨 뒤에서 두 번째 자리로 배치받아 한 학년간 숨죽여 살 수밖에 없었다.

관현악단의 단원으로서 처음 받게 된 곡은 국민의례와 애국가였는데, 당시의 나에게는 굉장히 어려운 곡들이었다. 일단 악보를 올바르게 보는 것조차 나에게는 버거운 일이었고, 다른 악기들과 조화를 이루며 함께 연주한다는 것은 맡은 부분조차 제대로 연주하지 못했던 나에겐 몹시 어려운 일이었다. 덕분에 나의 연주는 항상 삐걱댔고, 꾸중을 많이 들었다. 본래 남들에게 지기 싫어하고 자존심이 센지라 맨 뒷자리에서 꾸중 들으며 연주할 때마다 오기가 잔뜩 생겼던 것 같다. 다음 해인 4학년 때에도 내 실력에 큰 변화는 있지 않았지만, 그대로 묵묵하게, 꾸준히, 그리고 조용히 실력을 늘려갔다.

4학년 때는 이종만 선생님이 아닌 다른 지휘자를 한 명 만났다. 그는 이종만 선생님과 비슷했지만 그와는 전혀 다른 의미로 엄했다. 그는 나의 2학년 담임 선생님과 비슷하게도 쓸데없는 이유로 학생들을 괴롭혔으며, 우리들이 웃는 걸 좋아하지 않았다. 악연이라고 할 수도 있는 그를 만난 계기는 이러하다.

2011년, 우리 관현악단은 다음 해에 있을 '여수 세계 박람회' 홍보 차 유럽으로 연주 여행을 떠난다는 소문이 학교에서 돌았었고, 실제로 갈 예정이었다. 보통은 6학년들과 5학년들만 데리고 가는 여행이었지만 그해에는 교장선생님의 생각이 바뀐 것인지 4학년도 몇몇 데리고 간다고 했다. 유럽에서 연주할 기회이므로 나는 당연히 가겠다고 했고, 연주 여행에 지원한 우리는 여름방학 동안 학교에 남아 연습을 해야 했다. 오전 8시부터 오후 8시까지 하루에 12시간씩 하는 연습이었고, 초등학교 4학년의 아이에겐 몸과 마음이 지칠 수밖에 없는 것이었다.

당시 연습 때 지휘를 담당했던 자가 바로 앞서 설명했던 '다른 지휘자'이다. 지휘자였던 그가 선배들에게 교육을 빌미로 폭언과 협박을 하는 모습을 나는 곁에서 지켜볼 수밖에 없었다. 한 번은, 그가 연습 중 실수를 많이 하던 선배들을 앞으로 불러 모두의 앞에서 망신을 주었다. 심지어 그 선배들은 중학교에서 우리를 돕기 위하여 오신 것이었는데, 그들에게 악보를 던지며 온갖 협박과 폭언을 일삼는 모습을 보며 초등학교 4학년의 나는 충격에 빠지지 않을 수 없었다.

나는 모든 선생의 교육 방법을 존중한다. 모든 인간은 자라온 환경과 받아온 교육이 다르므로 사람을 대하는 방식에는 차이가 존재할 수 있다. 그러나, 모두가 지켜야 할 보편적 도덕(道德) 규범이 있고, 그중 하나는 상호 간의 예의이다. 제자로서 스승을 대하는 태도와 예의가 존재하는 것이고, 스승으로서 제자에 대하여 지켜야 할 예의 또한 존재하는 것이다. 당시에는 교권 남용이나 학생 인권에 관한 문제가 크게 대두되지 않던 시기이기에 차마 교육청에 '우리 선생님께서 이러한 식으로 학생들을 대하였다'고 고발하지는 못하였지만, 선배들이 그 지휘자로부터 받은 모욕은 부당한 처사였음이 분명하였다. 단순한 악기 연주 실수로 다 자라지도 않은 학생의 인권을 직접 핍박할 수 있다는 말인가? 한 악단을 이끄는 지휘자로서, 나아가 선생으로서 그러면 안 되는 것이며 내 생각에 그러한 인간은 비난받아 마땅하다.

그러나 그는 지도자로서도 평균 이하였다. 그가 유럽 연주여행의 연주곡으로 고른 것은 '윌리엄 텔 서곡'이었는데, 서곡의 앞부분은 첼로 5중주로 이루어져 있다. 그는 4학년의 아직은 어리고 서툰 우리들에게 그 부분을 허락하지 않았다. 그 부분은 이해했다. 당연히 우리의 실력이 부족할 터이고, 나보다는 훨씬 경험이 많은 선배들에게 자리를 주는 것이 당연했다. 나는 그러한 부분에서는 당연하다고 여기며 수긍했고, 내게 주어진 부분을 수십 번, 수백 번씩 반복하며 완벽하게 해내기 위해 악보에 그려진 음표, 셈여림표 하나까지 다 외울 정도로 열심히 연습하였다. 나는 소중했던 나의 4학년 여름방학이라는 시간을 투자했고, 내 부모님 또한 그것에 큰 기대를 거시며 소중한 시간과 돈을 투자했다.

그러나 그는 결국 우리를 유럽에 데리고 가지 않았다. 나의 기억으로는 우리 4학년들뿐만 아니라 앞에서 우리보다 두 배, 세 배는 열심히 연습하신 선배들 또한 유럽에 가지 못하였다. 내가 여름 방학 동안 투자한 시간과 돈은 되돌릴 수 없었고, 그 비용은 다른 경험에 투자할 수 있는 것임이 분명했다. 기회비용은 엄청났고 그 누구도 그것에 대하여 보상해 주지 않았다. 여름방학이 끝나자 나에게 남아 있던 것은 다 헐어버린 종이 악보와 하루만 남겨둔 개학일뿐이었다. 그러나 그 지휘자는 그런 우리의 투자를 전부 무시한 채로 우리에게서 손을 뗐다. 기업으로 비유하자면 기업 자본의 주요 출처 중 하나인 주주들을 무시한 채로 단독으로 경영 방침을 세운 것이다.

그의 그러한 결정은 당시 4학년이었던 나에게 작지 않은 충격을 주었고 나는 이를 더 꽉 물 수밖에 없었다. 나는 다짐했다. "어떻게 해서든지 위로 올라가리라. 당신이 울 때 나는 그 위에서 웃으리라."

지나버린 시간은 뒤로 한 채, 첼로와 나에게는 별다른 일 없이 4학년 2학기가 마무리되었다. 겨울이 지났고 5학년이 되어 다시 학교 관현악단 진급 오디션을 치르는 시기가 다가왔다. 겨울방학 동안 나는 지지 않기 위해 죽도록 노력했고, 나의 재능은 그에 보답하는지 점점 그 베일을 벗어 자신의 화려한 모습을 드러내기 시작했다.

2012년 3월 셋째 주의 어느 날 오후, 학교 관현악단 연습실에서 나는 오디션 곡 연주를 시작했고, 한 마디씩 연주해 나아갈 때마다 이종만 지휘자 선생님의 입꼬리는 조금씩 올라갔다. 멋지게 화음을 연주하며 곡을 끝냈을 때, 선생님께서는 놀란 표정을 지으며 안경을 벗으셨고, 흡족하셨는지 고개를 끄덕이셨다. 나의 실력을 인정받는 순간이었고, 나는 자신이 재능이 있음을 증명했다. 드디어 내 첼로 인생에 꽃이 핀 것이다.

　5학년 한 해 동안은 베일을 서서히 벗던 재능에 숨을 불어넣기 위해 기초부터 다시 연습을 시작했다. 영감을 얻기 위해 음악 연주회 또한 많이 보러 다녔고, 성남시에서 초청을 받아 공연을 하러 가는 등 첼로와 관련된 다른 활동 또한 열심히 했다. 부모님께서도 곁에서 그런 나를 바라보시며 뿌듯해하셨고 나를 다시금 격려하여 주셨다. 사람들을 만날 때마다 첼로가 취미라고 소개하는 것은 예전과 같았지만, 이제는 떳떳하였다. 그들이 원한다면 멋지게 연주를 해 줄 자신감도 있었다. 연습해야 하는 이유조차도 모른 채로 시작했던 첼로는 어느새 내 삶의 커다란 한 부분이 되어 있는 것을 나는 발견할 수 있었다.

　다시 해가 바뀌고, 초등학교의 마지막 학년으로 진급하자 피어나던 꽃은 붉게 물들어 좋은 향기를 내뿜고, 마치 봄을 만난 듯 활짝 피어났다. 첼로의, 첼로에 의한, 첼로를 위한 해였고 꽃은 질 생각이 없었다. 한창 각종 예술 경연 대회가 열릴 시기였던 5월, 첼로 교습 선생님께서는 나에게 한 예술제에 나가보라고 추천해 주셨고, '하이든 첼로 협주곡'을 첫 경연곡으로 내세웠다. 그러나 협주곡의 특성상 개인적으로 연습을 많이 하는 것뿐만 아니라 피아노 반주자와의 호흡도 중요했다. 시간이 넉넉지 않았고 죽을 듯이 연습했지만 한 번도 경험해보지 못한 협주곡을 무대에 서서 연주한다는 것은 나에게는 벅찼다. 선생님께서도 '다음 대회를 노려보자' 하시며 다음번 기회를 도모하셨고, 결국 대회를 일주일 남겨 놓은 상태로 피아노 반주자조차 구하지 못하고 말았다. 그러나, 나는 꼭 이번 대회에 나가겠다고 하며 고집을 부렸다. 항상 나의 편에 서주시던 어머니였지만, 이번에는 나의 선택을 만류하셨다.

하지만, 나는 믿는 구석이 하나 있었다. 5학년 때 양성원 교수의 첼로 독주회를 보러 간 적이 있었다. 무려 3시간 길이의 독주회였는데, 거기서 양성원 교수는 음악의 아버지 바흐의 '무반주 첼로 모음곡'을 연주했다. 내게 그의 연주는 가히 충격적이었다. 이때까지 바로크 음악이 아닌 고전 음악, 낭만파 음악을 주로 접했던 나에게 피아노 반주 없이, 오직 첼로 한 대로 독주를 하는 양성원 교수의 연주는 신기함 그 자체였고, 바흐의 바로크 음악의 매력은 나를 끌어당기기 충분하였다.

그 뒤로부터 나는 바흐의 그 곡에 빠져 혼자서 죽도록 연습만 해댔고, 무려 반년을 무반주 첼로 모음곡 1번의 'Prelude'에만 매달렸다. 여러 연주가의 동영상을 보며 나만의 연주 방식을 완성했고, 음정과 박자만 조금 더 다듬으면 나 자신이 듣기에도 완벽한 연주가 될 수 있을 것 같았다.

내가 하이든 첼로 협주곡 대신 바흐의 무반주 첼로 모음곡을 경연곡으로 선택했을 때 주변의 모든 사람이 만류했다. 첼로 소리 하나만 생생히 공연장에 울려 퍼지는, 다시 말하면 한 번이라도 실수하면 되돌릴 수 없는 무반주 곡으로 경연에 나가겠다니 도대체 누가 그런 선택을 한단 말인가?

경연장에 도착해 무대 위에서 최후의 예행연습을 마쳤을 때, 나는 함께 대회에 참가한 경쟁자들의 표정을 똑똑히 기억한다. 그들은 마치 귀신이라도 본 듯한 눈으로 나를 쳐다봤고 나는 그런 그들에게 그저 미소를 지어주며 걸어 나왔다. 그리고 잠시 뒤 경연이 시작되었고, 심사위원이 나의 이름을 부르자 나는 내 악기를 오른손에 들고서 천천히 나아가 차분히 자리에 앉았다. 나에게 주어진 시간은 짧았지만 나는 여유로움을 가지고 시작했다. 왼손은 올바른 자리에 있는지, 현은 조율이 똑바로 되어있는지, 마지막으로 악기는 편안하게 자리하고 있는지. 그렇게 모든 준비가 끝나자, 나는 천천히 활을 들고 큰 숨을 들이쉬며 G현을 길고, 웅장하게 켜는 것으로 곡을 시작했다. 환한 조명 때문에 앞은 보이지 않았고, 나는 살며시 눈을 감고 음악을 느꼈다. 나의 모든 감각은 악기를 연주하는 것에 집중되어 있었고, 나는 나의 감각에 모든 것을 맡긴 채 그 순간의 모든 것, 특히 무대 위에 섰을 때의 긴장감을 즐겼다. 모든 것을 끝마친 나는 다시 천천히 일어선 후, 허리를 숙여 인사를 한 뒤 경연장에서 나왔다. 실수 없이 모든 것을 끝냈기 때문에 자칫 상을 받지 못하여도 나는 만족할 수 있었다. 믿을 수 없겠지만, 나는 해냈고 그 용기와 대단함을 높이 산 심사위원들로부터 결국 금상을 받아냈다.

2017년 5월 내가 다니는 고등학교에서의 초청 협주회.

　그 예술제에서 금상을 받은 이후로 다른 대회에 많이 나가서 1등 상, 최우수상 등 많은 상을 받았다. 공연 초청 또한 많이 받아 공연하러 전국을 돌아다니기도 하였다. 그러한 일들로 인해 내 꿈은 자연스럽게 첼리스트로 결정이 되었고, 이제는 다른 사람들에게 나의 취미뿐만 아니라 꿈까지도 첼로와 연관 지어서 이야기해 주었다. 내 삶의 일부일 뿐이었던 첼로는 이제는 나와 떼어놓을 수 없는 존재가 되었다. 예술 고등학교와 예술 전문 대학에 입학하기로 부모님과 상의하기도 했고 나 자신 또한 그 결정에 확신하고 있었다.

해가 바뀌고 중학교 1학년이 되어도 그 꿈은 변하지 않았다. 꿈은 오히려 점점 더 실체화되어 가고 있었고, 더욱 몸집이 불어 있었다. 첼로 연주자로서의 경험과 경력을 쌓기 위하여 더 많은 대회, 더 많은 무대를 바라며 열심히 뛰어다녔고, 이제는 전국에서도 동 연령대에 손에 꼽히는 첼로 연주자가 되어 있었다. 이제 첼로를 연주하는 것은 나에게 있어 커다란 기쁨이었으며, 그것을 내 장래희망으로 선택했다. 나중에 어른이 되어 그 꿈을 이룬다면 나는 내 남은 삶을 행복으로 보낼 수 있을 것만 같았다.

꿈을 선택할 때 가장 중점적으로 봐야 하는 것이 바로 '그 선택한 꿈이 과연 남은 내 삶을 더 행복하게 만들어 줄 수 있는가'일 것이다. 안정적인 직업을 가지고, 남들보다 조금 더 윤택한 삶을 살지라도 자신이 하는 일이 행복하지 않다면 아무런 소용이 없는 것이다. 결국, 나의 인생은 남들의 것이 아닌 나의 것이고 남들 눈에 좋아 보이고 물질적으로 풍요로워 보이는 것보단 내적 행복의 성취가 더 중요하다. 물론 자신을 행복하게 만들 수 있는 꿈으로 성공을 이룰 수 있다면 더더욱 좋다. 이러한 면으로 봤을 때 나의 꿈 선택은 매우 현명했고, 남들보다 돈을 더 적게 벌지는 몰라도 행복할 것이 분명했다.

그러나, 중학교에 적응할 무렵 일어난 삶의 커다란 변화로 인해 나의 꿈은 강 너머로 멀리 건너가 버렸고, 다시는 손에 쥘 수 없게 되었다. 하지만 악기를 다룸으로써 얻게 되는 삶의 여유로움과 풍요로움은 그대로 남아 있었고, 이는 나의 미래의 행복을 도모하는 데 큰 도움이 될 것이 분명했다.

앞서 독자에게 무엇을 하라고 강요하지 않겠다고 말했지만, 이 말은 꼭 해야할 것 같다. 감히 충고하는데, 악기 하나쯤은 배우라. 한 가지 악기라도 연주할 수 있다면 당신은 그것으로부터 행복을 찾을 수 있을 것이다. 나아가 남들이 자신을 바라보는 시선이 달라짐을 느끼게 될 것이며, 삶의 질이 향상됨을 느낄 것이다. 또한, 악기를 연주함으로써 마음의 평화를 찾게 된다면, 당신은 이미 삶의 궁극적인 목적을 하나 달성한 것과 다름없다.

잠시 시간을 내어 '마음의 평화'라는 주제에 관해 이야기해 보겠다. 학교 수업 시간에 종교 선생님으로부터 들은 이야기다.

지금으로부터 약 17년 전, 아직 젊던 당시 선생님께서는 예수회 입단을 준비하시며 신학 공부를 하시고 봉사 활동을 다니시던 중이었다. 신학 공부를 하는 학생인 데다 봉사 활동까지 다니셨으니 당연히 그의 지갑은 넉넉할 리 없었다. 덕분에 주요 이동수단은 자가용이 아닌 자전거였고, 그는 운동 삼아 자전거를 타고 주말마다 동네를 몇 바퀴 돌며 장을 보러 가거나, 혹은 잠깐 시간을 내어 그의 친구를 만나러 가기도 하였다.

그러던 어느 날, 그는 자전거를 타다 실수로 넘어져서 팔과 어깨를 다치는 바람에 마치 내가 초등학교 2학년 때 했던 것처럼 큰 수술을 받으셨다. 그 이후에도 물리 치료와 같은 통원 치료를 받으셔야 했다. 종교 선생님의 주치의는 유대인이었는데, 마침 선생님께서 방문한 날이 유대인 명절인 유월절(逾越節)을 일주일 남겨 놓은 시점이었다. 선생님은 그에게 질문을 하나 던지셨다.

"곧 유월절인데 무엇을 하며 보내실 생각이오?"

그러자 그 주치의는 선생님의 말씀에 웃으며 대답했다.

"나는 유대인이지만 무신론자요. 나는 여느 때와 다름없이 일하며 환자들과 함께 유월절을 보낼 것이오."

또 다른 날은, 기독교인의 명절인 부활절(復活節)을 며칠 남겨 두지 않은 채로 종교 선생님께서는 다시 그 의사에게 치료를 받으러 가셨다. 치료를 마무리 지으며, 얼마 전 선생님께서 자신에게 질문하신 것을 기억한 주치의는 선생님께 미소를 보이며 질문했다.

"곧 부활절인데 선생께서는 무엇을 하실 것이오?"

그러자 신학 선생님께서는 그가 선생님께 미소를 보인 것처럼 유대인을 향해 미소를 한가득 지으며 기쁘게 대답했다.

"봉사 활동을 다니며 주변의 소외된 자들, 가난한 자들을 돕고, 교회를 나가 주님을 찬양하고, 부모님과 함께 시간을 보내겠지요."

주치의는 놀란 표정이었다. 그는 선생님께 가까이 다가와 둥근 안경을 벗고 말했다.

"나는 참으로 멍청한 사람이오. 나는 어릴 적 이곳, 미국으로 건너와 힘들게 공부하여 의학 박사 학위를 따고, 지금은 주위의 그 누구보다 돈을 많이 벌며 집도 네 채나 있고 차도 여러 대가 있지만, 정작 가족도, 행복도 없소. 나는 이때까지 내면의 행복이 아닌 물질적인 것에만 집착을 해왔던 것 같소. 나는 선생보다 돈은 많을지언정, 선생보다 불행한 사람이오. 그런데 선생은 참으로 좋겠구려. 젊은 나이에 벌써 내면의 평화를 찾았으니, 이미 내가 누린 행복보다 더 많이 누린 것이 아니오?"

신학 선생님께서는 나에게 이 말씀을 해 주시며 겉으로 보이는 행복이 아닌 나의 마음속에서 찾는 진정한 행복이 얼마나 중요한지 알려주셨다. 내가 하고 싶은 말은 결코 기독교 신앙을 가지란 소리가 아니다. 다시 한 번 강조하지만, 진정한 행복은 겉이 아닌 안에서 오며 물질적인 성취가 아닌 내적인 만족에서, 또 남이 아닌 나 자신에게서 찾는 것이다. 또한, 그것을 통해 삶의 궁극적인 목적 중 하나인 마음의 평화를 달성할 수 있다면, 당신은 이미 성공한 삶을 살고 있는 것이다.

중학교 시절

내가 다녔던 초등학교와 중학교는 모두 같은 '여도 재단'에서 운영하는 곳이었다. 둘 다 지역에서 알아주는 명문 사립 초등학교, 중학교였다. 그러나 여도 중학교는 몇 년 전 학생 수 부족으로 인해 공립학교로 전환되었고, 내가 초등학교를 갓 졸업하고 중학교에 처음 발걸음을 내디뎠을 때는 원래 알고 지냈던 친구들뿐 아니라 다른 학교에서 온 친구들도 만나게 되었다.

2014년의 봄날, 초등학교를 입학하고 졸업했던 그 강당의 그 자리에서, 나는 여도 중학교에 입학했다.

중학교에 들어간 뒤 달라진 것은 없었다. 학교 측에서 내가 중학교에 입학한 해부터 교복 디자인을 바꾸기로 했기 때문에 처음 한 학기 동안 우리는 교복을 입지 않았기 때문이다. 중학교에는 초등학교 때와 똑같은 옷을 입고 갔으며, 똑같은 차를 타고 등교를 했고, 똑같은 경비원 아저씨와 인사를 나누었다. 심지어 함께 학교에 다니던 친구들 또한 똑같았다. 그들 중 일부를 제외하고는 대부분 같은 초등학교를 졸업한 지라 교실에

어색한 침묵 따위는 없었고, 마치 새로 입학한 것이 아닌 원래 다니던 학교를 계속해서 다니고 있던 것처럼 행동하였다. 우리는 이미 서로에게 익숙해져 있었고, 교실 안은 첫날부터 화기애애하였다. 같은 학교를 나온 아이들이 아닌 다른 곳에서 서로 다른 배경을 가지고 온 아이들도 서로 첫인사를 나누자마자 어느새 언제 몰랐냐는 듯 친해져 있었고, 교실에는 즐거움만 가득했다.

중학교에서도 나는 여전히 관현악단에서 활동했다. 중학교의 관현악단에 약간 실망스러웠던 점은 그 규모가 초등학교에 비교해 훨씬 작았다는 사실이다. 초등학교에 다닐 때는 학교에 관현악단 연습실이 따로 있었던 것과는 달리, 중학교의 관현악단은 음악실 뒤편을 빌려 연습실로 사용하고 있었으며, 악기를 보관하는 가장 기본적인 시설조차 마련되어 있지 않았다. 사실 한국의 입시교육 제도에서의 음악의 중요성이란 아주 미미하므로 학교 측에서는 공립으로 전환해버린 마당에 굳이 관현악단에 신경을 쏟을 필요도, 여유도 없었을 것이다.

그러나 나는 그러한 열악한 환경에도 불구하고 꾸준히 첼로를 연습했으며, 계속해서 실력을 쌓았다. 첼로 레슨 선생님께서는 나의 우상이었던 양성원 교수를 직접 만나게 될 기회를 잡아 보시겠다고 하였고, 나는 모처럼 내게 찾아온 엄청난 기회에 그에게 나의 실력을 직접 보여주고 싶어 더욱 열심히 연습했다. 그러나 이는 나의 한순간의 실수로 이루어지지 못했다. 그 한순간의 실수는 이 기회뿐만 아니라, 나의 삶에 엄청난 영향을 미쳐 자칫 내 당시의 꿈이 끝장났을지도 모르는, 그러한 실수였다. 그러지 않아야 했는데.

3월은 적응의 달이었다. 여도 중학교의 수업 방식은 다른 학교들과 조금 달랐다. 이동 수업 방식이어서 매 수업마다 해당 과목의 교사가 있는 교실로 이동해야 하는 불편함이 있었다. 따라서 쉬는 시간에 휴식을 취하는 것은 불가능에 가까웠다.

우리 반의 담임 선생님께서는 과학을 담당하셨는데, 젊은 여자 선생님이셨다. 엄했지만 그분과의 과학 수업은 지루하지 않았다. 선생님께서는 매 수업 우리에게 최대한 많은 것을 가르쳐 주려고 노력하셨고 항상 우리를 수업 시간에 집중을 잃지 않게 도와주는 좋은 선생님이셨다.

3월 중순이 되어 학교의 구조에 막 적응하게 되었을 즈음에, 반에서 학급 임원 선거를 하였다. 반의 거의 모든 아이와 친했던 나는 별다른 노력 없이 부반장에 당선되었고, 다시 권력을 손에 쥐게 되자 초등학교 때처럼 무엇이든지 마음대로 할 수 있었다. 반에서 남자아이들의 무리를 이끄는 것은 나였고 아이들을 나를 잘 따랐으며 학생 번호 1번부터 마지막 번호까지 전부 함께 어울려 놀았다.

당시 자주 했던 것은 카드놀이였다. 우리는 점심시간마다 교실 뒤편에 옹기종기 모여 앉아 도둑 잡기나 '원 카드'와 같은 놀이를 하기도 하였고, 때로는 재미 삼아 미래를 본다며 아이들에게 임의로 카드를 뽑게 만들어 그것을 내 멋대로 해석하며 점쟁이를 흉내 내기도 했다. 교실의 모두가 함께 즐기던 놀이였고 이것은 누구 하나 소외시키지 않으면서 하나가 된 반을 만드는 데 크게 이바지하였다. 무려 한 달 만에 부반장으로서 내 걸었던 공약, '하나 된 반'을 이루어 냈다. 이따금 나는 장난 반 진심 반으로 '진로를 정치 쪽으로 바꾸는 것이 어떠할까?'라는 생각을 하기도 하였지만, 아직 내가 가장 이루고 싶었던 꿈은 첼리스트였고 4월에 있을 큰 콩쿠르를 준비하고 있던 시기였다.

4월에는 이때까지 경연곡으로서 큰 활약을 해왔던 바흐의 곡을 잠시 뒤로하고, 미루어 왔던 협주곡에 도전해 보기로 하였다. 훌륭한 첼리스트가 되기 위해선 한 우물만 주야장천 팔 수는 없는 법이다. 훌륭한 첼리스트가 되려면 여러 장르를 다룰 줄 알아야 하였고, 협주곡은 그중에서도 가장 중요한 장르였다. 첫 경연으로 무반주 독주를 한 나의 경우는 매우 드문 것이었고, 덕분에 세간의 주목을 더 극적으로 얻어낼 수 있기는 했지만, 경연에서의 완벽한 성공을 이루기 위해선 피아노 반주

자와의 호흡이 중요한 협주곡을 성공적으로 완주하는 것이 매우 중요했다. 그러한 이유로 3월 개학 첫날부터 나는 첼로 연습을 게을리하지 않았고, 경연 준비는 차근차근 잘 되어갔다.

4월이 거의 끝나갈 무렵의 어느 날이었다. 나는 여느 때와 다름없이 초등학교 4학년 때부터 다니던 수학 과외를 친구와 함께 마치고 데리러 오실 어머니를 기다리며 주차장에서 놀고 있었다. 나는 친구와 함께 아직 다 가시지 않은 꽃샘추위도 잊은 채 신나게 주차장을 거닐었다. 사방팔방을 뛰어다녔고, 나는 친구를 쫓아 앞만 바라보며 함께 달렸다.

일은 순식간에 벌어졌다. 정신을 차려보니 나는 이미 넘어져 있었고, 왼 팔목은 기괴한 방향으로 뒤틀려 있었으며, 왼쪽 엄지발가락 부근에서는 참지 못할 통증이 이어졌다. 나는 그 자리에서 엎어져 땅을 짚고 일어나지 못했으며, 내 친구는 어쩔 줄 몰라 발만 동동 구를 뿐이었다. 잠시 뒤, 차를 타고 도착하신 어머니께서는 나를 보시자마자 깜짝 놀라셨고 무슨 일이냐고 물으셨으나 나는 차마 심하게 다쳤다고 말할 수 없었다. 이미 초등학교 2학년 때의 선례가 있는지라 또 걱정을 끼쳐드리기 싫었기 때문이다. 나는 겨우 고통을 참고 자리에서 일어나 몸을 털고 괜찮다며 서둘러 집으로 가자고 어머니를 보챘다. 어머니께서도 그런 나의 태도에 별로 심려치 않으시고는 집으로 향했다. 이는 나의 잘못된 선택이었다. 나는 밤새 왼 팔목과 발끝에서 느껴지는 고통 때문에 제대로 잠을 청할 수 없었고 결국 다음날 새벽, 어머니께서 일어나시자 일어난 일을 사실대로 털어놓고는 함께 곧장 병원으로 향했다.

왼 팔목과 엄지발가락 모두 골절이었다. 곧 중요한 대회가 있었던 나에게 팔목 골절은 치명적이었다. 몇 시간에 걸쳐 팔목에 철심을 박아 넣는 수술을 받았고, 그런 상태로는 앞으로 몇 개월 간 첼로를 손에 쥐는 것은 전혀 가능해 보이지 않았다. 어머니께서는 안타까움을 감추지 못하셨고, 나는 너무나도 좌절한 나머지 하루 동안 아무것도 하지 않고 병실에서 이불을 뒤집어쓰고 침대에 가만히 누워있었다. 누군가 문을 열고 들어왔다 나가기도 했고 누군가가 내 이름을 부르기도 했지만 나는 관심조차 두지 않았다. 내 모든 것이 끝났다고 생각했고, 모든 것이 너무나도 허무했다. 다음날 아침, 걱정되셨던 아버지와 외할머니께서는 모든 일을 뒤로 미루신 채 내가 있던 병원으로 달려오셨다. 걱정을 끼쳐 죄송스러웠지만 안타깝게도 내가 할 수 있는 것은 아무것도 없었다. 쌓아왔던 모든 것이 무너졌고 나는 아무것도 할 수 없다는 사실에 괴로웠다. 하지만 그 누구도 탓할 수 없었다. 모든 것은 내 실수로부터 비롯된 일이었기에 나는 그저 마음속으로만 펑펑 울 수밖에 없었다.

그렇게 나는 몇 달간 병원에 갇혀 지냈다. 병원에서 주는 밥은 언제나 맛이 없어 잘 먹지 않았고, 가끔 친구들이 병문안을 올 때 가지고 온 음식이나 어머니께서 집에서 만들어 오신 반찬으로 드문드문 배를 채웠다. 일인실을 썼던 나는 대화할 사람도 없이, 혼자서 노트북으로 인터넷만 하며 지냈다. 공부 생각은 조금도 없었다. 담임 선생님께서는 반 아이들을 몇몇 뽑아 학교에서 배우는 내용을 정리한 공책을 쓰게 한 후 그것을 내게 가져다주셨지만, 차마 공책을 펴 공부를 할 생각은 하지 못했다. 나는 모든 것을 손에 놓았고, 다가올 미래는 참담해 보였다. 잃은 것이 너무도 많았다. 비용, 시간, 그리고 나에게 주어진 큰 기회를 단 한 번의 실수로 전부 잃은 것이다. 내가 없던 사이 학교 아이들은 수련회를 다녀왔고, 나는 결국 중학교에서 있을 처음이자 마지막 수련회를 친구들과 함께하지 못했다. 친구들이 병문안을 와 수련회에서 있었던 여러 힘들었던 일들을 이야기해 주었을 때, 나는 겉으로는 "안 가길 정말 잘했구나!"라며 그들에게 마치 안 간 것이 행운인 양 말했지만, 속마음은 정반대였다. 아무리 힘들지언정 내 친구들과 수련회를 함께 가지 못한 것이 속상했다.

　중학교 1학년의 몇 개월간의 긴 병원 생활에서 한 가지 얻은 것이 있다면, 바로 세상을 보는 다양한 시각일 것이다. 매일 노트북 모니터로 인터넷만 보며 지냈던 나는 그중에서도 주로 뉴스 기사와 정치 사설, 또는 논문들을 보았다. 이때까지 우리나라의 정치에 관심조차 없었던 나는 처음으로 대한민국 정치와 민주주의가 가지는 의미, 그리고 나아가 좋은 정치가가 가져야 할 소양이 무엇인지에 대해서 생각해 볼 수 있었다. 한 정치가를 비판하는 글을 보고, 또 반대 성향의 다른 정치가를 비판하는 글을 보며 다양한 관점으로 사회를 바라보는 능력을 길렀다. 후에 커가며 저만의 생각이 형성되기 시작하고, 정치적으로 한쪽에 치우치게 되었지만, 지금 내가 말하고자 하는 요점은 당시 나의 생활이 눈앞에 보이는 사회의 모습뿐만 아니라 더 큰 그림을 볼 수 있는 눈을 키워주었다는 것이다. 이는 나중에 내가 나의 또 다른 꿈을 형성하는 데 커다란 영향을 미치게 된다.

몇 달간의 지루했던 병원 생활을 끝낸 나는 다시 내가 원래 있을 자리인 여도 중학교로 돌아왔다. 다시 정든 교실에 들어서자 아이들은 일제히 나를 향해 환호성을 질렀고 나를 환영해 주었다. 선생님께서도 이제야 돌아왔냐고 하시며 나를 반갑게 맞이해 주셨고, 아이들은 나에게 병원 생활은 어땠느냐며 많은 질문을 던졌다. 나는 다시 톱니바퀴가 되어 학교라는 틀에 맞춰 돌아가기 시작했고 모든 것은 입원하기 이전과 같을 것만 같았다.

　그러나 안타깝게도 내게 다가온 현실은 그렇지 않았다. 학교
에 돌아왔지만, 여전히 손에는 붕대를 감아야만 했고 악기는
손에 쥘 수도 없었다. 관현악 연습시간에도 아무것도 하지 못
하고 그저 다른 아이들이 연주하는 모습을 바라볼 수밖에 없
었다. 중간고사가 다가오고 있었다. 친구들은 모두 시험 범위와
교과서의 어떤 내용을 위주로 공부해야 할지 알았지만 나는 전
혀 그러지 못했다. 병원에 갇혀 있던 몇 달간 학교에서 배운 모
든 것을 잃은 것이다. 선생님께서 가져다주신, 친구들이 온 정
성을 다해 수업 내용을 정리해 둔 공책은 단 한 번도 펼쳐보지
않았고, 무려 몇 달을 뒤처져 있다는 사실에 나는 다시 손에서
모든 것을 놓아버리고 말았다. 여기서 이제껏 쌓아왔던 또 다
른 문제가 터졌다. 초등학교 시절, 집에서 공부하지 않아도 항
상 최상위권 성적을 받아오던 나는 중학교의 공부도 똑같을 것
이라고 여겼다. 집에서는 공부 따위는 하지 않았고, 이것이 나
쁜 습관이라는 것을 깨닫지 못했다. 어릴 적부터 열심히 공부
하는 습관을 길러오던 나의 친구들은 학교에서는 수업에 집중
했고, 집에서는 앞으로 배울 것을 예습하고 이미 배운 내용은
복습했지만, 나는 그렇게 하지 않았다. 거기에다가 엎친 데 덮
친 격으로 병원에 입원해 있었던 이유로 몇 달 치 수업에 뒤처

져 있었던 것이다.

예상했던 대로, 내가 중학교에서 처음 친 첫 시험의 결과는 좋지 않았다. 영어와 수학을 제외한 모든 과목은 80점대였고, 나는 중학교에서의 첫 시험 성적에 기대하고 계실 부모님께 아무 말도 드릴 수 없었다. 나는 더는 나를 지극히 신경 써 주시던 담임 선생님과 부모님을 뵐 면목이 없었다. 중학교에 들어와서 처음 치른 시험인데, 좋은 성적을 거두기 위하여 노력하지는 못할망정 학교 수업을 정리해 놓은 공책 한 번 펼쳐보지 않다니, 나는 나 스스로 자만했음을 알 수 있었다. 모든 것은 내 잘못이었다. 초등학교 때부터 길러왔던 나쁜 습관이 내 발목을 잡았던 것이다. 그러나 다행히도 실패하는 것이 두려웠던 나는 첫 실패 만에 무엇을 잘못했는지 깨달았다.

그러나 잘못된 습관이라는 것이 항상 쉽게 고쳐지지는 않는다. 세 살 버릇 여든까지 간다고, 일찍이 바꾸어야 했던 나의 습관을 바꾸는 일은 생각보다 어려웠다. 밀린 학원 숙제는 학교 수업시간에 했으며, 당연히 학교 수업시간에 집중하는 것은 불가능했다. 그렇다고 집에서 학교에서 배운 것을 다시 한 번 짚어보는 것도 아니었다. 주말에는 친구들과 놀기 바빴고, 주중에는 학교와 학원을 마치고 집으로 돌아와 SNS로 문자를 주고받거나 컴퓨터 게임을 하며 놀기 바빴다. 첫 중간고사 이후로 정신을 차린 나였지만, 나는 나쁜 습관을 고치는 데 신경을 쏟지 않았고, 그 이후의 학교 성적 또한 관리하지 않았다. 부모님께서는 그런 나를 이해하셨지만(이유는 후에 나올 것이다) 학교 선생님들께서는 나를 많이 걱정하셨다. 나에게 많은 신경을 써 주시던 그분들께 죄송할 따름이다.

생각해보면, 지금의 내가 있게 된 큰 비결 중 하나는 바로 좋은 스승들을 만난 것이기도 하다. 앞서 설명한 지휘자나 내 초등학교 2학년 때의 담임 선생님처럼 나에게 큰 도움은커녕 실패를 안겨준 선생들도 있긴 하지만, 그들은 소수에 불과하고 내가 만난 선생님 대부분께서는 나를 크게 신경 써 주셨다. 앞서 강조했던 이종만 선생님이나 중학교 1학년의 담임 선생님은 물론이고 모교를 방문할 때면 나를 가르치셨던 거의 모든 선생님께 인사를 드리러 간다. 내 첫 학급 임원직을 옆에서 지켜봐 주시며 조언을 주셨던 초등학교 3학년 때의 담임 선생님, 또 참된 스승이셨지만 나의 미성숙함으로 인해 학기 내내 고생만 시켜 드렸던 초등학교 5학년 때의 담임 선생님, 그리고 내 진로 방향을 잡는 데 아주 큰 도움을 주신 6학년 때의 담임 선생님. 그분께는 아직도 연락이 닿아 종종 대화를 나누곤 한다. 좋은 스승이 있어야 그 제자 또한 올바른 길을 걷기 마련이다. 참된 스승이야말로 제자의 숨겨진 재능을 발굴해 낼 수 있고, 꿈을 펼칠 수 있도록 굳게 닫힌 마음의 자물쇠도 풀 수 있을 것이다. 이토록 중요한 스승을 잘 만난 것은 나에게 엄청난 행운이었다. 그 덕에 결국 여기까지 올 수 있었다.

팔 회복을 완전히 마친 뒤 이따금 다시 악기를 잡아 예술제나 대회 등에서 수상을 하기도 하였지만, 전처럼 악기 활동을 활발히 하지는 않았다. 예전만큼 열정적으로 연습을 한 것도 아니었고, 내가 앞으로 첼로를 연주하는 것을 통해 무엇을 이룰지와 같은 생각 또한 하지 않았다.

학생이 공부를 손에 놓는 것은 안 될 일이다. 지금부터 할 이야기는 개인적인 생각으로 매우 비교육적이며 교훈 또한 담겨 있지 않다. 그러므로, 나의 중학교 생활에 큰 흥미가 없다면 건너뛰어도 상관없는 내용의 이야기다. 내가 지금부터 이야기할 중학교 1학년 당시 내가 했던 행동은 학생 본분에 어긋나는 것이고 독자는 이를 비판적인 관점에서 바라보아야 한다. 나는 나의 행동이 잘못됐다는 것에 대한 반론을 제기할지 모르나, 이미 규칙이 갖춰진 사회에서는 아무리 그것이 잘못되었다고 생각해도 그 규칙을 따라야 한다. 내 의견과 모순되기는 하나 우리나라에서 교육 방식에 맞추어 열심히 공부하는 것도 그중 하나였다. 아무리 그 교육 방식이 잘못되었다고 생각해도, 중학교 1학년은 공부해야 할 시기이다. 그때 공부를 하고 그 무거운 짐을 짊어져야 나중에 어른이 되어 잘못된 사회를 바꿀 수 있을 것이기 때문이다.

　팔을 수술받은 이후, 첼로 활동뿐 아니라 학교 공부량 또한 확연히 줄었다. 학교 수업은 나에게 이제는 중요하지 않았으며, 학교에서 나는 친구들과 잡담하기에만 바빴다. 학교 아이들과 연애 이야기나 새로 출시된 컴퓨터 게임 이야기, 연예인 이야기를 하다 보면 시간 가는 줄 몰랐다. 우리는 쉬는 시간마다 교실 뒤편에 모여 새로 출시된 게임 캐릭터를 흉내 내며 빗자루나 쓰레받이 따위로 서로 씨름을 했으며, 쉬는 시간이 끝나고 선생님께서 들어오신 뒤에야 제자리로 돌아가 앉았다. 공부에 관심이 없었던 내게 수업 시간, 특히 국어 시간은 지루하기 짝이 없었다. 선생님께서는 앞에서 칠판에 무언가를 막 쓰고 계셨지만, 나는 상관하지 않고 교과서와 필통을 베개 삼아 엎드렸다. 나에게 있어서 학교 수업 시간은 훌륭한 휴식 시간이자 수면 시간이었다. 선생님께서는 나를 계속 잠에서 깨우셨지만 나는 계속 다시 잠을 청했고, 결국 교실 밖으로 나가 복도에서 벌을 서기에 이르렀다. 사실, 내게는 벌 서는 것이 책상에 앉아 수업을 듣는 것보다 더 재미있었다. 수업 시간에 배우는 내용에 관심을 가지지 않았던 내게 수업 내용이 머릿속에 들어올 리 만무했고, 선생님이 나를 벌 세우시면 나는 그저 아무 말 없이 교실 밖으로 나가서는 복도에서 달게 벌을 받았다. 그러다 선생님께서 나를 다시 부르시면 내 책상으로 돌아왔다. 그러면 어느새 수업은 끝나 있었고, 나는 다시 친구들과 함께 잡담을 했다.

초등학교 때까지는 학교 수업이 어느 정도 재미있었고 견딜 만 했다고 생각한다. 선생님들께서는 열정을 가지고 아이들을 가르쳤고, 아직 어린 나이라 입시의 중요성이 두드러지지 않던 시기이기에 창의적이고 활동적인 수업이 진행될 수도 있었다. 과학 시간에 생물에 대해서 배울 때면 직접 야외로 나가 생물들을 만져보고 관찰하고, 그것을 기록한 것을 토대로 실험 결과를 작성하여 제출하기도 했다. 또 국어 시간이나 사회 시간에는 한 가지 논점에 관해 의견을 나누어 거센 토론을 진행한 적도 있었다. 나는 그러한 방식의 수업에서 즐거움을 느꼈으며, 그때까지만 해도 수업의 한 톱니바퀴로서 함께 맞물려 돌아갔다.

그러나 중학교에 올라간 후 입시의 중요성이 대두되기 시작하자 점차 학교 수업도 입시 위주의 주입식 교육으로 바뀌었다. 학생들이 수업의 주체가 되어 수업을 스스로 진행하는 것이 아닌 교사가 앞에서 칠판에 무언가를 적고 교과서를 읽으면 학생들이 그것을 받아 적는 방식의 수업. 이것이 주입식 교육이었고 나는 이것이 수능 시험과 더불어 대한민국 교육의 큰 문제점이라고 생각했다. 그 생각은 지금도 변함없다.

지금 대한민국이 국제 사회에서 상당한 영향력을 펼치며 세계에서 손꼽는 경제력을 가지도록 발전할 수 있었던 까닭 중 하나가 20세기 무지했던 국민을 교육하기 위해 쓰였던 효율적인 교육 방식인 주입식 교육이라는 것은 인정할 수밖에 없다. 그러나 이는 사회에 다른 부작용을 낳았다. 바로 너무 높은 대학 진학률이다. 주입식 교육은 실로 오로지 대학 진학만을 위한 교육이다. 대한민국의 중고등학교에서 주입식 교육을 받는 학생들의 목표는 오로지 '좋은 대학에 가는 것'이라고 볼 수 있겠다. 이러한 까닭으로 학교에서는 최대한 많은 수의 학생을 대학에 보내기 위한 효율적인 방식의 교육을 채택할 수밖에 없게 되었고, 이는 앞서 설명했던 교사 위주의 수업방식을 낳았다. 이는 사회 구성원의 평균 지능 수준을 높이는 것에 크게 이바지했으나, 거꾸로 천재나 창의력이 높은 학생의 기회를 끌어내는 것에는 반대의 결과를 낳았다. 지금 '수업의 장'이자 '소통의 장'인 교실에서 학생들의 목소리는 무시되고, 학생들은 '왜?'라는 질문을 던지기보다는 교사가 칠판에 적는 결과와 공식을 받아 적기 바쁘다. 이러한 교육 방식에서 어떻게 창의적 인재가 나올 수 있겠는가?

수능 또한 대한민국 교육의 큰 문제이다. 수능은 입시 위주의 교육과 주입식 교육의 결과물이라고 할 수 있다. 대한민국의 학생이 중학교, 고등학교에 배우는 모든 것은 결국 단 하나의 시험인 수능을 향한 것이며 이는 비교과 과목의 중요성을 크게 떨어뜨린다. 인재의 다양성을 지양하는 교육 정책이다. 계속 강조하지만, 창의적 교육만이 21세기 사회에서 사회의 발전을 도모하는 길이다. 수능의, 수능에 의한, 수능만을 위한 현재 대한민국의 주입식 교육은 학생을 지나치게 결과론적으로 편향된 사고방식으로 이끌며, 이는 결국 과정보다 결과를 중요시하는, 더는 발전 가능성이 없는 사회를 낳게 된다.

르네상스 시대의 유럽이 아시아를 앞질러 성장할 수 있던 원동력은 바로 호기심이었다. 그들은 호기심을 통해 과학 혁명을 끌어냈고, 레오나르도 다 빈치, 아이작 뉴턴 경, 라이프니츠와 같은 천재들을 발굴해 낼 수 있었으며, 인류의 역사를 바꿀 수 있었다.

얼마 전, 보스턴에 가야 할 일이 생겨 근처에 있던 Phillips Exeter Academy에 다녀왔었다. 미국 최고의 교육을 자랑하는 사립 기숙학교로서, 매년 수많은 인재를 배출해내는 아이비리그를 목표로 하는 아이들을 위한 학교이다. 자칫 생각하면 '이 또한 입시 위주의 교육이 아닌가?'라는 생각할 수도 있지만, 대한민국의 보편적 입시 교육화 제도와는 그 기초부터 다른 이미 꿈을 가지고 있는 아이들이 일 년에 몇만 달러씩이나 하는 비싼 학비를 대며 다니는 학교이다. 미래를 꿈꾸고, 이미 창의적 인재상을 가지고 있는 선택된 아이들을 위한 사립학교이다.

이 학교는 Harkness Table 토의라는 교육 방식을 기초로 두고 수업을 하는데, 이 토의는 교사의 개입 없이, 오직 학생이 수업을 주도하는 방식이다. 아이들은 토의 도중에 서로 자기 생각을 제안하고, 또 서로의 주장에 반박하기도 하며 창의적 사고를 기른다. 이러한 아이들은 일반적인 수업 시간에도 교사가 칠판에 적는 것을 단순히 받아 적을 뿐이 아닌 '왜?'를 질문하며 다시 한 번 더 생각하는 방법을 익히게 된다. 이러한 창의적인 교육방식을 가진 미국이니 당연히 초강대국이라고 불릴 수밖에 없다.

대한민국은 이미 선진화된 국가이며, 이제는 국가의 급진적인 경제 발전을 도모하기 위한 국민의 평균 지능 수준 향상을 요구하는 시대가 아니다. 이미 전체적인 국민 수준은 크게 향상했고, 이제는 모든 분야의 인재를 찾기 위한 교육을 해야 할 때이다. 이미 수능과 입시 위주의 교육으로 인해 현세대의 대학 입학률과 졸업률은 포화 상태이며, 이 상태를 지속하면 유럽의 그리스나 스페인의 경우와 같은 막대한 청년 실업률을 일으킬 것이다. 이는 대한민국의 경제 성장에 악영향을 미칠 수밖에 없다. '반드시 대학을 가야만 한다'는 대한민국의 잘못된 교육 정책이 이러한 결과로 이끈 것이다. 이를 타파하는 유일한 방법은 입시 위주의 교육을 각 분야의 인재를 발굴할 수 있는 교육으로 바꾸는 것뿐이다. 사회의 다양성을 추구하면, 직업 선택의 범위가 늘어나게 되며, 자연히 실업률은 감소할 것이다. 대한민국은 자국의 발전을 도모하기 위하여서라도 교육 방식을 바꿔야 한다.

내가 이러한 생각을 가지게 된 것은 대한민국과 미국의 180도 다른 교육을 직접 경험하고, 대한민국의 비교적 효율적이지만 창의적이지 않은 교육 방식에 회의감을 가졌기 때문이다. 한국에서 중학교를 다닐 때는 이러한 사실을 전혀 알지 못했고, 마치 모든 공부가 다 한국의 것과 같은 줄로만 알았다. 중학교 1학년 때 경험한 주입식 교육은 나로선 도저히 감당할 수도, 이해할 수도 없었는 것이었다.

앞서 언급했듯이 나는 방금 주입식 교육을 비판함으로써 나의 잘못에 반론을 제시했다. 이는 나의 행동(공부를 하지 않은 것)을 정당화시키지 못한다. 독자가 한국식 교육에 대해 나와 같은 생각을 하거나 하지 않는 것은 본인의 자유이다. 그러나, 한국의 것과는 전혀 다른 교육방식을 직접 경험한 나로서는 대한민국의 교육이 잘못되었다는 생각을 고수할 수밖에 없다.

이야기가 잠시 다른 곳으로 샜다.

주중에는 학교를 마치고 돌아오면, 컴퓨터 게임을 하거나 책을 읽으며 시간을 보냈다. 중학교 1학년 때도 나는 여전히 반지의 제왕 같은 판타지 소설에 빠져 있었으나, 『앵무새 죽이기』나 『분리된 평화』와 같은 성장 소설을 접하기도 했다. 그렇게 시간을 보내다 보면, 어느새 학원을 갈 시간이 다가왔고, 나는 교복을 그대로 입은 채로 학원으로 발걸음을 옮겼다. 나는 학교 수업보다 학원 수업이 오히려 더 재미있었다. 다시 말하지만 그 이유는 학원에서의 교육은 학교의 것과 같이 교사가 일방적으로 주입하는 교육이 아니었기 때문이다. 학생과 교사 간 '소통의 장'이 열리는 교육이었다. 학원에서는 선생님과 자유로이 대화를 주고받을 수 있었고, 덕분에 단순한 영어학원이었음에도 나의 창의력 발달에 큰 도움이 되었다. 사교육을 100% 지지하는 견해는 아니지만, 만약 그것이 창의력 교육을 지향한다면, 차라리 입시 위주의 주입식 공교육보다 낫다는 것이 나의 입장이다. 생각해보면, 어릴 적부터 내 길은 이미 한국이 아닌 다른 곳에 열려 있었는지도 모른다.

학원을 다녀오면 이미 밤 11시였고, 침대에 누워 SNS를 하며 친구들과 문자를 주고받거나, 인터넷으로 뉴스나 영화를 보는 것 말고는 하는 일이 없었다. 그러다 자정이나 새벽 1시쯤 되어 잠을 청했고, 다음날은 여느 때와 다름없이 등교하는 일상이 매일매일 반복되었다.

중학교 1학년 때 나는 처음으로 친구들과 피시방이라는 곳에 가보았다. 집에서도 눈치 보지 않고 게임을 할 수 있었던지라 굳이 피시방에서 돈을 쓰며 컴퓨터 게임을 할 필요는 없었지만, 친구들에게 등 떠밀려 들어가게 된 그곳은 내 생각보다 훨씬 재미있었다. 피시방에서 컴퓨터 게임을 하다 배가 출출해지면 간식으로 삼을 수 있는 음식들도 비치되어 있었으며, 컴퓨터로 주문만 하면 직접 만들어서 가져다주었다. 이 얼마나 편리한가? 무엇보다도 친구들을 바로 옆에 두고 함께 대화하며 게임을 할 수 있다는 사실이 가장 좋았다.

피시방을 처음 접한 후로, 매 주말 자전거를 타고 나가 몇 시간씩 피시방의 의자에 앉아 있었으며 심지어 토요일에는 아침 일찍 집을 나서서 저녁 먹을 때 즈음 되어서야 돌아오고는 했다. 지금은 컴퓨터 게임과 피시방에 큰 흥미가 없지만 여수로 돌아가 친구들을 만날 때면 꼭 찾는 곳이 자주 가던 피시방이다. 항상 거기서 시켜 먹고는 했던 라면을 함께 먹으며 추억을 되살려 본다. 당시 나에게는 공부를 하는 것보다 친구들과 함께 그러한 추억을 쌓는 것이 더욱 중요했다. 덕분에 지금 와서 그러한 행동은 크게 후회되지 않는다. 오히려 마음 한구석에 간직해 두고 있는 내 작은 추억의 한 자락이 되었다. 아쉬운 점이 있다면, 남자아이들과 피시방만 다니느라 여자친구들, 아니 '여자인 친구들'과는 추억을 쌓지 못했다는 것을 들 수 있겠다.

6월, 7월……. 학기는 이미 끝났고, 방학이 시작되자 나는 주로 아이들과 만나 함께 놀며 시간을 보냈다. 중학교의 여름 방학 숙제는 초등학교와 비교하면 없는 것에 가까웠고, 이는 중학교가 초등학교보다 유일하게 나은 점으로 꼽을 수 있었다. 덕분에 방학 때는 아이들과 놀고 나서도 내가 하고 싶던 것들을 잔뜩 할 수 있었다. 나는 학교 공부보단 내게 필요했던 영어 단어장을 사서 공부했고 또 여러 시사 책도 사서 읽었다. 법과 정치에 관심이 커져 정치인 회고록이나 판결문을 엮어 놓은 책들 또한 사서 읽었다.

그리고 이 무렵, 천천히 꿈이 바뀌어 갔다. 아까도 말했듯이 팔 수술 이후로 악기는 거의 손에 잡지 않고 있었다. 나는 뉴스와 사회학, 그리고 정치에 더욱 관심을 두었다. 세월호 사건이 터진 2014년이라 더욱 그랬다. 사건이 터졌을 당시, 아직 팔을 다치기 전이었던 나는 집에서 부모님과 함께 아직 장래가 밝은 아이들을 잃은 것에 대하여 큰 슬픔을 느꼈고, 그런 아이들을 저버리고 저 혼자 탈출하기 바빴던 배의 선장에게는 큰 분노를 느꼈다.

그러나, 점차 언론과 정치 세력이 개입하면서 본래 추모의 목적은 변질했다. 분노의 손가락질은 문제였던 해당 선박 회사나 선장이 아닌 대한민국 정부로 향했고, 이는 국민의 분열을 일으켰다. 당시 정부 정책의 핵심이었던 국민 대통합과 경제 민주화에 악영향을 끼쳤다. 당시 야당이 세월호 사건을 정치적으로 이용한 것에 대해 나는 크게 분노했고, 야당의 본질에 회의를 느꼈다. 야당은 현 정부를 비난하기 바빴고, 제대로 시행될 것으로 보이지 않는 특별법 제정에 바빴다. 오로지 국회에서의 발언권 키우기에만 바빴던 당시 그들의 태도는 비난받을 만했다. 그들이 그해 있었던 지방선거에서 크게 진 것에는 당시 현 정부를 지나치게 비난하며 발전적인 못한 태도로 대한 것도 한몫했을 터이다.

정권 심판론을 운운하며 과거에만 연연하는 야당의 태도는 내게 크나큰 실망을 안겨주었다. 당시 나는 뉴스와 사설, 그리고 정치학 서적을 읽으며 왜 야당의 행동이 잘못되었는지 배웠고, 옛 조선의 당파 싸움과도 같이 자기 밥그릇 챙기기에만 바쁜 현 대한민국의 정치가 얼마나 크게 잘못되었는지 알게 되었다.

나는 그러한 현실을 바꾸어 보기로 했고, 그 길은 하나밖에 없었다. 그해 여름, 나는 처음으로 전(全) 가의 두 번째 정치인이 되는 꿈을 꾸었다.

친구들과 추억을 쌓고 나의 또 다른 꿈을 키우던 중학교 1학년의 뜨거웠던 여름방학도 끝났다. 중학교에서의 두 번째 학기가 시작되었다. 2학기는 1학기와 다름없었다. 다른 것이 있다면 단 하나, 나의 부반장으로서의 임기가 끝났고 나는 학급 임원이 아닌 일반 학생으로 돌아갔다는 것이다.

2학기 때 가장 기억에 남았던 것은 학기 말에 있었던 '여도제'이다. 여도제는 말하자면 여도 중학교의 학예회였는데, 열정이 뛰어나셨던 우리 반 담임 선생님께서는 덜컥 무대에 서겠다고 지원하셨다. 나는 학교 관현악단의 첼로 단장으로서 할 일이 무척이나 많았고, 이미 서야 할 무대가 세 개나 예약이 되어 있었지만 아카펠라를 위한 악보를 만들어 달라고 하시는 담임 선생님의 간곡한 요청을 거절할 수는 없었다. 담임 선생님께서 고심 끝에 선정하신 곡은 '국민 체조'였다. 국민 체조의 피아노 악보를 찾기는 쉬웠으나 작곡 경험이 전혀 없었던 나에게 아카펠라를 위해 소프라노와 알토 등으로 악보를 나누고 편곡하는 일은 쉽지 않았다. 학교 아이들에겐 기말시험 기간이었지만, 다행히 나는 시험과 아무런 상관이 없었기에 며칠 밤을 새우며 악보 만들기에 집중할 수 있었다.

나는 인터넷 동영상 강의와 집에 있던 작곡법, 화성학 관련

서적을 살펴본 끝에 기초적인 편곡은 스스로 할 수 있게 되었고, 결국 공연을 한 달 남겨두고 악보를 완성했다. 다행히 선생님께서는 자신이 원하던 악보를 받으셨는지 크게 감동하셨다.

그렇게 공연을 며칠 남겨두지 않았던 우리 반은 방과 후 학교에 남아 함께 아카펠라를 연습했다. 지휘자는 없었지만, 모두가 아는 곡인 국민 체조였기에 연습하는 데 큰 어려움이 있지는 않았다. 그렇게 모두 국민 체조 앞에서 하나 되어 연습했다.

드디어 여도제가 다가왔다. 그런데 문제가 있었다. 공연장 위에서 사용할 수 있는 마이크의 개수가 한정되어 있다는 것이었다. 또 스탠드 마이크의 부재 또한 다른 악재였다. 우리는 공연을 단 몇 분 남겨두고서야 이 사실을 알았다. 하는 수 없이 우리 중 일부만이 마이크를 든 상태로 공연을 하기로 했고, 이는 돌이킬 수 없는 실수가 되었다. 일부 마이크만이 증폭되어 있던 상태였기에 소프라노, 알토, 바리톤, 그리고 베이스로 나뉘어 있던 우리의 아카펠라는 일부는 들리지 않고 일부는 너무 잘 들리는 등 여러 문제가 많은 상태로 끝나고 말았다.

공연을 관람하던 선배들과 선생님들께서는 격려의 손뼉을 쳐주셨지만 한 달간 열심히 준비한 우리에게는 너무 아쉬운 공연이었고 며칠 밤을 새워 악보를 만든 나에게 그 결말은 너무 허무하게 다가왔다. 마치 모든 노력이 물거품이 된 듯했다. 그러나 학기 말에 봉사상을 받기는 했으니 나에게 돌아온 것이 아예 없지는 않았던 셈이다. 그렇게 내 인생의 처음이자 마지막이 되고 만 여도 중학교의 학예회가 마무리됐고, 나의 중학교 1학년 생활 또한 점차 매듭지어져 가는 듯했다.

학기 말, 나의 학교생활은 예전과 다름없었지만 다른 아이들은 무언가 달랐다. 그렇지 않았던 아이들도 나처럼 공부에서 손을 떼기 시작했고, 학기 말의 여유를 즐기기 시작했다. 나는 점심시간마다 친구들과 함께 강당에 모여 농구를 했고, 겨울 무렵에는 여자아이들과 함께 무서운 이야기를 하며 시간을 보내기도 했다. 학기 말은 마치 세기말과 같은 분위기였고, 학교는 조용하며 평화로웠다. 3학년 선배들 또한 이미 고등학교가 결정이 났기에 학교에 출석부 도장을 찍기 위해서만 다니는 느낌이었다. 우리는 그저 그러한 학기 마지막 날들의 분위기에 함께 취해 즐기며 휴식할 뿐이었다.

그리고 그해 말, 나는 출국하시는 아버지의 뒷모습을 보아야만 했다. 아버지께서는 이미 이직하신 회사로부터 비자를 받아 놓으신 상태였고, 그가 먼저 입국해야 우리에게도 비자를 내어 줄 수 있었다. 마치 마지막이 될 것만 같았던 그의 마지막 모습을 보았을 때, 어머니와 나, 동생은 모두 눈물을 감출 수 없었고 아버지께서도 아무 말 없이 눈물만 흘리셨다. 다시 만날 것을 알지만, 그래도 몇 달간은 서로를 볼 수 없기에 슬펐고 아마 아버지께서는 혼자서 맞이해야 하는 타지에 대한 두려움으로 더욱 눈시울을 붉히셨을 것이다. 그렇게 아버지께서는 출국하셨고, 이제 여수에는 아버지의 흔적이 남지 않았다. 오직 나와 동생, 그리고 어머니만이 남았을 뿐이었다.

아직은 얼어붙을 듯 추웠던 2014년 12월의 겨울, 마지막 종례를 마치고 새하얀 입김을 내뱉으며 학교에서 걸어 나온 우리는 겨울 방학을 맞이했다.

나에게 방학은 바쁜 일상의 연속이었다. 병원에 주기적으로 가야 했고, 서울에도 자주 다녀와야만 했다. 여권도 새로 발급받았고, 대사관 건물에도 다녀왔다. 아버지께서는 이미 인천 공항에서 출국하신 지 오래였고, 남은 우리 가족은 여수에서의 생활을 하나씩 정리하기 시작했다.

아버지께서는 한국의 재산을 전부 정리하시길 원했다. 여수에 보유하고 있던 부동산은 전부 처분했고, 주택 분양권 또한 전부 매매했다. 이제 한국에 남아 있는 자산은 은행의 예금 자산과 주식을 제외하고는 없었고, 우리 가족은 떠날 준비를 완료했다.

학원에서도 나에게 학교 과목 대신에 내게 필요한 과목들 위주로 가르쳤으며, 후에 필요할 것이라 여겨졌던 TOEFL 시험 준비 또한 조금이지만 차근차근히 해 나갔다. 드디어 한국이라는 물에 담가 놓고 있던 나의 발을 천천히 빼내기 시작한 것이다. 발은 물에서 천천히 빠질 때마다 물을 뚝뚝 흘렸고, 이는 나의 감정을 대변했다.

겨울 방학에도 나는 친구들과 추억 쌓기에 바빴다. 여전히 나는 자전거 타는 것을 좋아했고, 바닷가를 거닐며 함께 일몰을 보거나 저녁을 먹으며 그 여유를 즐겼다. 다가올 미래가 너무 벅찼기에 지금 여유를 가지지 않으면 안 될 것 같았다. 먼저 출국하신 아버지를 뒤로한 채, 나를 포함한 우리 가족 모두 여수에서 즐길 수 있는 것을 전부 즐겼다. 일주일에 서너 번 이상 외식을 나갔으며, 어머니께서도 자신의 친한 친구들과 마지막 시간을 보내고 계셨다.

1월 1일, 어머니와 동생 그리고 나는 어쩌면 마지막이 될지도 모르는 한국에서의 일출을 보기 위해 아침 일찍 해변으로 나갔다. 뜨는 해가 보이기 시작했을 때, 나의 마음에는 이루 말할 수 없을 정도로 많은 감정이 뒤섞여 있었다.

마지막이 될지도 모르는 한국에서의 일출이다.

미래에 대한 막연한 기대와 공포, 그리고 염려가 함께 섞여 있었고, 또 현재와 과거의 삶을 떨쳐버리는 듯한 기분 또한 느낄 수 있었다. 아마 나뿐만 아니라 내 가족 모두가 그러한 것을 느꼈을 것이다. 특히 초등학교에 입학하자마자 떠나야 하는 동생의 기분은 차마 상상할 수 없을 정도로 당혹스러웠을 것이다. 그러나 이는 우리 가족이 짊어져야 할 짐이자 더 큰 세상으로 나아가기 위한 발판이었다. 우리 가족은 더 큰 그림을 그려야 했기 때문에, 이를 이겨내야 했다.

그해 겨울은 유난히 추웠다. 2월이 되어서도 날씨는 수그러들지 않았으며, 한국에서의 마지막 설을 보내러 대구의 친가로 방문했을 때 우리는 추위에 못 이겨 그만 감기에 걸린 상태였다. 친가의 큰 집에 방문한 우리는 이미 출국하신 아버지가 없는 채로 종갓집에 마지막 인사를 드렸다. 아마 이제 몇 년, 혹은 몇십 년은 함께 명절을 보내지 못할 터, 슬픈 마음이 터져 나와 울음이 번진 얼굴로 마지막 큰절을 올리고 나왔다. 어린 친척 동생들을 보며, 다음에 직접 얼굴을 마주할 때는 서로 알아보지 못할 정도로 자라 있을 것 같다는 생각을 하며 손을 흔들었다. 만남이 있으면 언젠가는 헤어짐도 당연히 찾아오는 법이지만, 이렇게 빠를 것이라고는 상상조차 하지 못했다.

추운 겨울이 지나고, 봄이 왔다. 날씨는 따뜻해졌지만, 나와 우리 가족은 떠날 채비로 바빴고, 어느새 우리의 여권에는 발급된 비자가 붙어 있었다. 아버지께서는 드문드문 화상 통화를 통해 소식을 전하셨다. 우리는 의사소통에 적응은 되셨는지, 음식은 입에 맞으시는지, 집은 깨끗한지 물었다. 아버지께서는 항상 웃는 표정이셨지만 우리가 많이 보고 싶으신 듯하셨다. 우리도 마찬가지였고 이제 서로 얼굴을 맞이할 날은 두 달도 채 남지 않았다.

봄 방학은 빠르게 지나갔다. 3월, 신학기를 알리는 벚꽃이 교문 앞을 메웠다. 여도 중학교는 신입생을 받을 준비에 한창이었고, 중학교 2학년에 진급한 나는 한국을 떠날 준비를 모두 마친 채로 학교에 다시 발을 내디뎠다. 이미 작년부터 확정된 사실이었지만 아직 학교에는 내가 떠난다는 사실을 알리지 않고 있었다. 대한민국에서 중학교 교육까지는 의무적으로 마쳐야 했기에 나는 서류 작성에 있어 많은 어려움이 있었다. 중학교 2학년의 담임 선생님은 1학년 때처럼 젊은 여자 선생님이셨는데, 영어권 국가로 유학을 다녀오신 경험이 있는 영어 선생님이셨다. 덕분에 내가 처해 있던 상황을 누구보다 잘 이해해 주실 수 있었고 덕분에 큰 어려움 없이 모든 서류 작업을 마칠 수 있었다.

그런데 내가 학교를 떠나는 데 또 다른 차질이 생겼다. 학급 부반장에 또 한 번 당선된 것이었다. 처음에 나는 곧 학교를 떠나야 하는 것을 잘 알기에 부반장을 할 생각은 꿈에도 없었다. 단순히 친구들에게 등이 떠밀려 '한 번 해볼까' 하는 마음에 부반장 선거 출마를 선언한 것이었다. 그 누구도 나와 경쟁할 생각이 없었는지 그만 단독 후보로서 무투표로 당선되고 만 것이다. 그때까지는 친구들도, 담임 선생님께서도 내가 떠난다는 사실을 몰랐고, 당선 소감을 말할 때의 나는 얼굴에 씁쓸한 미소를 띨 수밖에 없었다. 당선증도 받지 못하고 떠나야 한다는 것을 알았기에 나에게는 당선의 기쁨보다는 안타까움이 앞섰다.

3월 말에는 처음이자 마지막으로 중학교의 수학여행을 다녀왔다. 아이들은 중간고사가 한 달도 채 남지 않은 채로 수학여행을 떠난다며 학교의 수학여행 시기에 불만을 드러냈지만 나는 그런 것 따위는 안중에도 없었다. 내 친구들과 쌓을 수 있었던 마지막 추억이었기에 미소를 지으며 수학여행 버스에 탑승했다. 하지만 안타깝게도 지금은 당시 수학여행이 어땠는지 기억이 전혀 나지 않는다. 어디를 갔는지, 가서 무엇을 했는지조차 잘 기억이 나지 않고, 휴대전화를 바꾼 지금 당시 촬영한 사진조차 남아 있지 않아 마치 뇌에서 삭제되어 버린 부분인 듯 내 기억에서 텅텅 비어 있다. 정말 슬픈 건, 기억에 남아있지 않다는 것이 어쩌면 내가 그만큼 그것을 중요치 않게 여겼다는 뜻일지도 모른다는 것이다.

4월, 이제 떠날 날이 이 주 안으로 다가오자 나는 겨울방학에 했던 것처럼 매일 친했던 친구들을 한 명씩 만나 함께 밥을 먹고, 함께 바닷가를 거닐며 함께 사진을 찍었다. 비록 마지막이지만 그들도 아무렇지 않은 듯 나를 대했고 나 또한 아무렇지 않게 평소와 다름없이 미소를 지으며 그들을 대했다. 하지만 우리는 모두 속으로는 울고 있었을 것이다. 무려 초등학교 1학년 때부터 함께 동고동락하던 사이였는데 한순간에 헤어져야 한다고 하니 울음을 쏟지 않을 수 없었다.

처음으로 친구들과 꿈에 대해서도 진지하게 이야기했다. 이제는 우리도, 아니 그들도 입시 걱정을 해야 할 나이였기에 우리는 가고 싶은 대학은 어디인지, 다루고 싶은 전공은 무엇인지, 또 졸업하면 무엇을 하고 싶은지에 관한 이야기를 나누며 서로를 격려했고 앞으로 서로에게 다가올 찬란할 것만 같은 미래를 상상하며 미소 지었다. 친구들 또한 꿈을 가지고 있다는 사실에 나는 안심할 수 있었고 한국으로 돌아와 그들을 반갑게 맞이할 날을 기약할 수 있었다. 얼른 꿈을 이루고 삶을 즐기고 있는 그들의 얼굴을 내 두 눈으로 직접 보고 싶기도 했다. 예전의 내가 수원을 떠나고 또 유치원을 졸업할 때처럼 또 누군가와 헤어지지만, 이제는 SNS가 있었기 때문에 그들과 연락을 유지할 수 있었고 한국에 돌아오면 꼭 만나기를 약속하며 마지막까지 나를 배웅하는 그들을 뒤로하고 떠났다. 이제는 오직 나의 발끝만이 '한국' 물에 담가져 있었다. 발바닥과 발은 아직 젖어있어 물이 뚝뚝 흘렀지만 발목은 이미 다 말랐고 수건으로 깨끗이 닦여져 새로운 곳에 나아갈 준비를 모두 마친 상태였다.

2015년 4월 15일 오전 10시, 2교시 직후의 쉬는 시간에 나는 여도 중학교를 떠났다. 학교의 거의 모든 사람과 작별인사를 나누었고 가장 친했던 친구들과 마지막으로 포옹했다. 손에는 담임 선생님과 반 아이들이 쓴 편지를 쥔 채로 언젠간 꼭 다시 돌아오겠다고 친구들과 약속한 뒤 사물함을 정리하고 밖으로 나왔다. 외할아버지의 차에 탄 나는 내가 다녔던 초등학교와 중학교를 마지막으로 한 번 더 보고는 미소를 쓱 지어 보인 뒤 떠났다.

안녕 여수, 그리고 나의 유년이여.

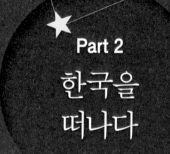

Part 2

한국을
떠나다

큰 그림

여수를 떠난 나는 부산의 외갓집에 머물며 내 한국에서의 삶을 완전히 정리하고 휴식하는 시간을 가졌다. 외갓집에는 고작 이틀 동안 머무는 것이었지만, 나는 부산의 많은 곳을 다녀왔다. 명절이나 여름방학 때마다 왔던 부산이기에 여수만큼이나 동네의 지리를 잘 알았던 나는 지하철을 타고 이곳저곳을 다녔다. 1호선을 타고 자갈치역에서 내려 국제시장과 남포동을 돌아보고, 광복동의 롯데백화점에 들어가 어렸을 적 자주 갔던 분수를 다시 돌아보았다. 마치 J.R.R. 톨킨의 소설 『호빗』의 빌보 배긴스가 나이가 들어 자신이 어렸을 적 여행을 떠났던 모든 곳(외로운 산과 리븐델)을 둘러보았듯이, 나도 내가 외갓집에 올 때마다 다니고는 했던 모든 장소를 다시 둘러보았다. 광복동으로부터 떠나 다시 지하철을 타고 서면에 도착해 그곳의 중심가를 둘러보고, 그곳에서 다시 2호선으로 갈아타 해운대로 갔다. 광안리 해수욕장을 거닐자 갈매기 울음소리와 파도 소리가 들려왔다. 나는 잠시 걸음을 멈추고 해변에 앉아 눈을 지그시 감았다. 눈을 감자 다시 떠오르는 옛 학교와 친구들의 모습에 눈물이 났지만 나는 애써 웃음 지었고, 그렇게 몇 분간 가만히 있다가 그만 자리에서 일어나 다시 해변을 거닐었다.

집으로 돌아오자 외할머니께서는 어릴 적 내가 가장 좋아하던 음식 중 하나인 오리 불고기를 이미 차려 놓고 계셨다. 마침 긴 지하철 여행을 마치고 돌아온 터라 배고팠던 나는 음식을 허겁지겁 먹었고, 이제는 이 음식을 맛보지 못할 수도 있다고 생각하니 또 울음이 터져 나오려 했다. 음식을 먹다가 울면 추한 모습을 보이기에 입에서 밥알을 씹고 어금니를 꽉 깨물며 울음을 참았지만 나는 어머니도, 동생도, 외할아버지도, 그리고 외할머니도 모두 나와 같은 마음이라는 것을 알 수 있었다.

그날 밤은 쉽게 잠을 청할 수 없었다. 아까의 슬픈 마음도 한몫했지만, 다음날 새벽에 떠나는 비행기였기에 더욱 잠이 들 수 없었다. 나는 마지막으로 항공 케이스 안에 나의 첼로가 잘 있는지 확인한 후, 케이스의 잠금장치를 더욱 꽉 조여 맸다. 그곳에서 악기를 계속할 수 있을지 없을지는 모르겠지만 첼로는 내가 여수에서 데려갈 수 있는 유일한 친구였기에 더욱 소중했다. 남동생은 계속 졸린 듯 하품을 해댔지만 나는 동생이 잘 수 없게 계속해서 옆에서 말을 걸었다. 우리가 밤을 새우자 우리를 공항까지 데려가 주시는 외할아버지, 외할머니와 작은외삼촌까지도 덩달아 밤을 새우실 수밖에 없었고, 다음날 새벽이 될 때까지 모두 함께 뜬눈으로 밤을 지새웠다.

아침 일찍, 김해공항에 도착한 우리는 일본 하네다 공항으로 가는 대한항공에 탑승하기 위해 카운터로 다가갔다. 다행히 비즈니스 클래스였기에 항공사 측에서는 부서지기 쉬운 악기를 포함한 많은 짐을 가져가는 것을 문제 삼지는 않았고, 그저 우리의 목적지와 가져가는 짐의 개수를 보며 놀랄 뿐이었다.

"이민 가세요?"

열 번도 넘게 들었던 질문이다. 그럼 우리는 "예, 맞습니다." 하고 대답했다. 그러면 그들은 대답한 우리에게 목적지를 묻고, 다시 우리의 대답을 들으면 항상 사뭇 놀란 표정을 짓는다.

"예? 사우디아라비아요?"

놀랄 만도 하다. 작년, 어머니께서 내게 처음으로 이 말씀을 해 주셨을 때 나 또한 그것과 똑같은 반응을 보였다.

2014년 5월의 어느 날, 부모님께서 내게 병원에 가야 한다고 말씀하셨을 때, 나는 '아, 수술받은 팔의 경과를 보러 가는구나.' 하고 생각했으나, 이는 큰 오산이었다. 병원에 도착하자 우리는 무슨 이유인지 원무과로 가지 않고 곧바로 건강검진센터로 갔다. 도저히 이유를 알 수 없었던 나는 어머니께 여쭈어보았다.

"엄마, 우리 왜 여기(건강검진센터)로 가? 병원에 내 팔 보러 온

거 아니야?"

어머니께서는 아무 말씀도 하지 않으셨고, 나는 곧바로 옆에 계시던 아버지께 질문을 돌렸으나 아버지께서도 대답하시지 않으셨다. 그저 묵묵히 건물 안으로 들어가셨고, 나는 따라 들어갔다. 들어간 뒤의 일은 예상대로였다. '건강검진센터'라는 이름답게 우리는 혈액, 치아, 청력 및 시력, 그리고 키와 체중 검사 등 여러 종류의 검사를 받았고, 모두 마친 어머니와 나는 건물 안의 접수처에서 무언가를 하고 계셨던 아버지를 기다리고 있었다. 아버지께서는 검진서의 영어 번역이 가능한지 물어보고 계셨고, 나에게 아버지의 행동은 더 큰 의문을 자아냈다. '왜 영문으로 된 건강 검진서가 필요할까? 어디 여행이라도 가는 것일까? 여행에 건강검진이 필요하다는 말은 들어본 적이 없는데…….' 집으로 돌아가는 길, 나는 아버지께 다시 한 번 여쭈었다.

"아빠, 이게 왜 필요한 거죠? 영어로 된 건강 검진서를 어디에다가 써요?"

아버지 대신, 옆에 계셨던 어머니께서 그제야 입을 여셨다.

"규찬아, 우리는 이제 한국을 떠나야 할지도 모른단다."

충격적이었다. 무슨 이유로 이미 15년을 보낸 한국을 떠나야 한단 말인가? 빚? 사채? 무언가 좋지 않은 이유일 것이 분명했다. 나는 어머니께 여쭈었다.

"왜요?"

이번엔 운전하시던 아버지께서 입을 여셨다.

"직장을 옮겼단다. 규찬아. 너도 알겠지만 요즘 아버지 회사 상황이 별로 좋지 않잖니. 저번 기름 유출 사건 때부터……. 공장장도 이번 일에 책임을 통감해 구속당했고 이제 아빠도 더는 여기 남고 싶지 않단다. 더는 한국 정유 업계에 희망이 있을 것 같지는 않구나. 우리 회사에서도 벌써 몇 명이나 떠났어. 조 부장 알지? 그 아저씨도 함께 떠난단다."

나는 물었다.

"그럼 어디로 가는데요?"

"사우디아라비아로."

나는 도저히 믿을 수 없었다. 사우디아라비아는 내게 그때까지는 정말 상상 속에서만 존재했던 나라였다. 산유국, 부자들의 나라, 그리고 낙타와 테러의 나라라는 생각만 가득했던 나로서 도저히 그곳에서 산다는 것은 받아들일 수 없는 사실이었다. 하지만 아버지께서는 이미 확정된 일이라고 단언하셨고 생각보다 살기에 좋은 환경이라며 우리 가족을 설득하셨다. 이전까지는 어머니께서도 반대하셨으나 아버지께서 간곡히 설득하신 끝에 받아들이셨다고 했고, 이제는 내가 받아들일 차례였다.

처음에 나는 완곡히 반대했다. 차라리 한국에 혼자 남겠다고 했고, 나는 영어만 사용해야 하는 학교에 다니는 것은 절대 불가능할 것이라고 생각했다. 이제까지 함께해 온 친구들과 헤어져야 한다는 생각에 섣부르게 '가겠다'고 결정할 수 없었다. 나의 꿈은 첼리스트인데, 과연 사우디아라비아에 가서도 첼리스트의 꿈을 계속 키워갈 수 있을까? 절대 아닐 것이다. 내가 알기로 이슬람 국가는, 특히 보수적이고 폐쇄적인 수니파 이슬람 국가는 절대 음악적 발전을 꾀하지 않을 것 같았다.

결국, 부모님의 결정과 나의 항복은 내 꿈이 바뀌는 데 있어서 결정적인 영향을 준 것이다. 내가 부모님의 설득에 두 손을 든 이유는 더 큰 그림을 그려보자는 내 생각 때문이었다. 나는 한국의 교육에 커다란 회의를 가지고 있었고, 여도 중학교에 진학해 한국식 입시 위주 교육을 맛보고 나서는 오히려 모든 수업을 영어로 진행하는 것이 더 버티기 쉬울지도 모른다고 생각했다. 사실, 음악가의 꿈을 키우는 데 한국이 결코 좋은 장소는 아니었다. 이미 말했지만, 입시 위주 교육은 비교과 과목을 철저히 무시하는 결과를 낳았다. 음악의 중요성 같은 건 무시당할 게 뻔했다. 결국 한국에 남으나 사우디아라비아로 가나 첼리스트의 꿈을 이루기에는 많은 어려움이 있을 거라는 생각이 들었다. 그렇게 선택권을 잃은 나는 아직 꿈과 희망이 남아 있는 사우디아라비아로 건너가기로 했다.

현실적으로 보았을 때, 잘못된 공부 습관을 고치지 못했던 나는 한국에서 성공하지 못할 것이 분명해 보였고, 사우디아라비아로 가면 '그래도 무언가 바뀌지 않을까?' 하는 생각이 있었다. 또한, 연세대학교와 고려대학교를 포함한 한국 일부 명문대들의 캠퍼스 국제화 프로그램으로 인해 만들어진 '3년 특례(중고교과정해외이수자전형)'와 '12년 특례(초중고 전교육과정해외이수자전형)'는 어쩌면 대학 진학 때 남들보다 더 좋은 기회를 만들어 줄 수 있을지도 몰랐다. 또한, 해외의 국제학교에서 공부하는 것의 긍정적인 효과는 무궁무진했다. 모든 수업이 영어로 진행되기 때문에 비영어권 학생은 수업을 듣기 위해서라도 강제적으로 영어 실력을 향상할 것이기 때문이었다. 이는 하나 되어가는 세계 사회 속의 나에게 더 큰 기회를 열어줄 것이고 여러 나라에서 온 사람을 만나고 그들의 문화를 아는 것은 내 생각을 더욱 발전시킬 것이 분명했다. 5학년, 이미 중국 교환학생 프로그램을 통해 그러한 사실을 뼈저리게 경험한 내가 봤을 때 이는 좋은 기회가 분명했다. 죽마고우와 초등학교 시절을 보낸 여수와 더 큰 그림을 그릴 좋은 기회 사이에서 갈등하고 있던 나는 결국 사우디아라비아에 나의 모든 미래를 걸었다.

외할머니, 외할아버지와 공항의 입국심사대 문 앞에서 마지막 포옹과 인사를 나눈 나는 새어 나오는 울음을 숨긴 채 그만 발걸음을 옮겼다. 서둘러 입국심사대를 나가자 좌측에는 롯데와 신세계 면세점이 있었고 우측으로는 대한항공 비즈니스 라운지와 아시아나항공 비즈니스 라운지로 통하는 에스컬레이터가 자리하고 있었다. 이륙이 채 30분도 남지 않았기에 우리 가족은 라운지에 들어갈 생각은 접어야 했고, 바로 탑승구 앞의 의자에 앉아 짐은 제대로 챙겼는지, 여권에 사우디아라비아 비자는 제대로 붙어 있는지 다시 확인했다. 모든 것이 제자리에 있던 것을 확인한 나는 마지막으로 벽에 걸려있던 태극기를 돌아본 후 도쿄 하네다 국제공항행 대한항공 A330에 올랐다.

김해공항에서 마지막으로 돌아보는 태극기.

　나는 김해에서 출발해 사우디아라비아의 담맘 킹 파드 국제
공항으로 가는 여정에서 일어난 모든 일을 기억한다. 나의 인생
을 바꾸어 놓은 여정이었으니 당연하다. 김해에서 도쿄로 가는
비행은 2시간도 채 되지 않은 짧은 비행이었으나, 아침을 먹지
못해 배고팠던 나에게 다행히도 기내식이 제공되었다.

대한항공의 기내식이었던 비빔밥.
옆자리 일본인과 있었던 일이 기억에 남는다.

기내식은 역시 비빔밥으로, 대한항공다운 기내식이었다. 배고팠던 나는 서둘러 일회용 볶음 고추장의 뚜껑을 열어 밥에 비비며 식사할 준비를 했다. 살며시 옆을 보았더니 옆자리의 일본인 노인은 비빔밥 먹을 줄 모르는 듯 보였고, 나는 그 모습을 보고서 웃음을 터트렸다. 나는 그에게 서투른 영어와 함께 손짓 발짓을 다 해가며 비빔밥 먹는 방법을 설명했고, 다행히 그는 내 어설픈 설명을 알아들었는지 미소를 지으며 고개를 끄덕이고는 숟가락으로 밥과 나물, 그리고 고추장을 비비기 시작했다. 처음이었다. 모르는 이와 영어로 올바른 소통을 한 것은. 내 심장은 쿵쾅쿵쾅 뛰었고 내 얼굴은 새빨개져 있었지만 입에서는 알게 모르게 웃음이 나왔다. 왠지 사우디아라비아의 국제학교에 도착해서도 잘 해낼 수 있을 것만 같았다.

　일본 하네다 공항에 도착한 우리는 직원의 안내를 받아 카타르 항공의 카운터를 찾아갔다. 이번에는 외국어대학교 일본어학과를 졸업하시어 일본어에 능하셨던 어머니께서 통역을 맡으셨다. 처음으로 일본어를 유창하게 하시는 어머니를 보자 눈이 휘둥그레졌고, 한편으로는 그런 분이 우리 어머니라는 것이 자랑스러웠다. 카타르 항공 카운터에 도착하여 여권을 제출하고 비즈니스 클래스 티켓을 발급받은 우리는 이륙까지 얼마 남지 않은 시간이지만 잠시나마 편안히 눈을 붙이기 위해 하네다 공항의 명물, 사쿠라 비즈니스 라운지를 찾아 나섰다.

　일본의 두 주요 국제공항인 나리타 공항과 하네다 공항에는 사쿠라 라운지가 있는데, 여기서 제공하는 카레는 그 맛이 정말 일품이라고 할 수 있다. 오죽하면 사쿠라 라운지의 카레를 먹기 위해 전일본공수 항공(JAL) 비즈니스 클래스를 예약했다는 사람도 본 적이 있다. 그 카레는 꼭두새벽부터 비행에 나서서 지친 나와 우리 가족의 몸과 마음을 달래기 충분했다. 음식을 흡입한 뒤 잠시 라운지의 소파에 누워 눈을 붙이고 있던 우리에게는 아직 10시간의 비행이 남아있었다.

　잠시 후, 카타르 항공으로부터 탑승을 요청하는 안내 방송이 나왔다. 우리 가족은 편안한 소파에서 몸을 일으켜 다시 비행기에 탑승할 준비를 했다. 내 좌석은 1A, 동생은 1B, 그리고 어머니께서는 1C에 배정받은 덕분에 굳이 서둘러 비행기에 탑승하러 갈 필요가 없었다. 어차피 탑승구는 두 개로 나뉘어 있었고, 우리는 그중에서도 맨 앞자리였기 때문에 굳이 다른 사람들을 배려하기 위해 먼저 기내로 들어가 자리에 앉아 있지 않아도 됐기 때문이다. 덕분에 우리 가족은 여유롭게 탑승구로 걸어가 이륙을 5분도 채 남겨두지 않은 비행기에 마지막 승객으로서 탑승할 수 있었다.

　탑승하자마자 승무원은 웰컴 드링크로 내게는 볼렝져, 로제

샴페인, 동생에게는 생과일주스를 내주었다. 술을 마시면 안 되는 나이지만, 무슨 상관인가. 비행기 위는 치외법권이 아니지 않은가? 나는 아무런 걱정 없이 샴페인을 들이켰다. 머리가 어지럽기는 했지만 어느새 기분은 좋아졌다. 좌석은 180도로 눕히는 게 가능했고 등받이와 베개는 내 침대만큼이나 푹신해서 나는 마치 구름 위에 떠 있는 것만 같았다. 객실은 은은하면서 고급스러운 진한 자주색으로 장식이 되어 편안한 느낌을 주었고 가장 앞자리에 앉았기 때문에 비행기 특유의(마치 여러 대의 실외기를 틀어 놓은 것 같은) 엔진 소음도 들리지 않았다. 방음 헤드셋도 있어서 조용한 비행을 즐길 수 있었다. 그 모든 것은 카타르 하마드 국제공항으로 가는 10시간의 비행을 만족스럽게 만들기에 충분했다.

제공된 기내식 또한 완벽했다. 점심으로는 양식 코스 요리를 선택했는데, 에피타이저로 나온 것은 호밀 빵 몇 조각과 버터였다. 호밀 빵은 갓 조리된 듯 따뜻했으며, 버터는 너무 차갑지 않은(이코노미 클래스의 버터는 항상 너무 차다고 생각한다. 냉장고에서 막 꺼낸 듯한 버터를 빵 위에 올려 먹으면 빵 또한 차갑게 만들어 입맛을 돋우는 데 도움이 되지 않는다), 적당한 온도로 은 식기에 제공되었다. 이것은 죽어 있던 내 맛봉오리의 감각을 다시 살리는 데 제격이었다.

간단히 요기를 마치자 바로 메인 요리가 나왔다. 미디움 레어로 구워 매쉬드 포테이토와 아스파라거스를 곁들인 고베 산 와규 필레미뇽이었다. 드링크로는 프랑스의 부르고뉴 지방의 화이트 와인인 샤르도네를 선택했다. 샤르도네는 샴페인으로 사용되기도 하지만 개인적으로 화이트 와인으로 마시는 것이 더욱 좋다고 생각한다. 화이트 와인을 고른 이유는 레드 와인의 떫은맛이 싫었기 때문이기도 하지만 스테이크의 느끼한 맛에 깔끔함을 첨가해줄 수 있기 때문이었다. 한껏 고기를 썰자, 쉬고 있던 내게 디저트로 딸기 서벗이 나왔다. 딸기 서벗은 내 입을 개운하게 만들어 주었으며 달콤함으로 여행의 피로를 잊게 해 주었다. 서벗과 함께 나온 고디바 초콜릿으로 디저트까지 전부 마친 나는 다시 벗어두었던 방음 헤드폰을 끼고 베토벤의 교향곡 5번을 시작으로 슈베르트의 8번 교향곡, 로시니의 윌리엄 텔 서곡과 바흐의 G 선상의 아리아와 두 대의 바이올린을 위한 협주곡을 예약해 놓은 채로 좌석을 뒤로 젖히고 구름 위에서의 꿈과 같은 잠에 빠져들었다.

잠에서 깨자 어느새 7시간이 지나가 있었고, 비행기는 인도양의 상공을 순항 중이었다. 창문을 여니 밝은 것이 아직 아침이었고, 이는 중동과 동아시아의 6시간이나 되는 시차 때문임이 분명했다. 저녁이 나와야 할 비행기에서는 오히려 아침 식사를 준비하고 있었고 나는 방금 자고 일어난지라 입맛이 없었다. 생과일주스, 크래커와 함께 나오는 치즈 세트(내 기억으로는, 카망베르 2조각, 리코타 1조각, 그리고 체다 3조각), 그리고 토마토와 아일랜드 드레싱으로 버무린 훈제 연어 샐러드를 선택했다. 어릴 적부터 연어를 좋아했던 나에게 아침으로 먹는 훈제 연어 샐러드는 정말 환상적이었고, 마치 비행기에서 나만을 위해 준비한 아침처럼 느껴졌다. 마지막 남은 연어 조각을 집어 들자, 스피커로부터 기내 방송이 들렸다.

"Ladies and gentlemen, we are approaching Hamad International Airport. At this time, we ask you to please(승객 여러분, 우리 비행기는 곧 하마드 국제공항에 착륙하겠습니다. 승객 여러분들께서는)……."

여승무원의 기내 방송과 함께 10시간의 비행은 어느새 막바지에 이르렀고, 우리 가족은 곧 카타르에 발을 내디딜 수 있었다. 아직 하마드 국제공항에서 담맘 킹 파드 국제공항으로의 비행이 남아있었지만, 태어나서 처음으로 중동의 공기를 마셔 볼 수 있다는 사실과 드디어 하마드 국제공항에 마중 나와 계실 아버지를 다시 만날 것이라는 생각에 우리 모두 큰 기대를 하고 있었다. 눕혔던 좌석은 다시 제자리로 되돌렸고, 나는 동생의 안전띠가 잘 채워졌는지 확인한 뒤 나의 것을 찼다. 방금

막 잠에서 깨어나신 어머니께서도 한껏 들뜬 표정이셨고 얼굴에는 웃음기가 가득하셨다. 나와 내 동생도 마찬가지였으며 드디어 긴 여정 끝에 도달할 전혀 다른 새로운 세상에 대한 기대감은 말로 표현할 수 없을 정도로 내 가슴을 벅차오르게 했다. 이는 나에게 새로운 열정을 불어넣었다. 그리고 내가 타고 있던 B-777-300의 바퀴가 활주로에 닿자 그 기대감은 절정에 치달았다.

  탈 때는 가장 마지막이었지만, 내릴 때는 첫 번째였다. 승객 중 가장 먼저 내린 우리 가족은 서둘러 아버지를 만나기로 한 하마드 국제공항의 상징, 거대한 테디베어 동상을 찾았다. 동상에 도착하여 주위를 둘러보자, 아직 한국인으로 보이는 사람은 눈에 띄지 않았다. 그렇게 몇 분쯤 서성였을까, 먼 곳에서 익숙한 실루엣이 내 눈에 띄었다. 176㎝의 키와 특유의 걸음걸이, 그리고 아버지의 무테안경까지 확인한 나는 그를 향해 잽싸게 달려갔다. 내가 달리자 동생도 함께 달렸고 어머니께서도 빠른 걸음으로 따라오셨다. 드디어 고대하던 재회의 순간이었다. 몇 달간을 보지 못한 아버지의 얼굴을 눈앞에서 보았을 때의 기쁨은 말로 다 할 수 없었다. 몇 달 전 공항에서 봤던 다시는 못 만날 것 같았던 그 모습이 내 눈앞에 있었다. 우리 가족은 기쁨의 눈물을 흘렸고, 아버지의 거친 손을 잡은 채로 얼싸안고 울었다. 아버지의 모습을 가까이서 본 어머니께서는 소스라치게 놀라셨다.

"피부가 왜 이렇게 탔어?"

아버지의 피부는 매우 그을려 있었다. 아무래도 더운 중동에서 생활하시니 당연할 수밖에 없었다. 아버지의 새까맣게 탄 피부를 보자 드디어 사막 나라에 온 실감이 났다.

기쁨도 잠시, 다음 비행을 위해 다시 4시간을 더 기다려야 했다. 따분함의 극치였다. 다행히 하마드 국제공항은 카타르 항공의 허브공항이었고, 그 때문에 세계에서 가장 큰 카타르 항공 비즈니스 라운지가 있어 편안하게 기다릴 수 있었다. 샤워실에서 간단히 샤워한 뒤, 곧 아버지와 그간 나누지 못했던 부자(父子) 간의 대화를 나누었다. 그에게 질문할 것이 너무 많았다. 사우디아라비아의 생활은 어떤지, 음식은 맛있는지, 집은 넓은지. 아버지와의 화상통화를 통해 이미 많이 들었던 이야기였지만, 직접 눈앞에서 그의 목소리로 이야기를 듣는 것은 새로운 느낌이었다. 곧 씻고 나오신 어머니와 동생도 대화에 끼어들어 오랜만에 온 가족이 모인 자리에서 화기애애한 이야기꽃을 피울 수 있었다.

아버지께서는 여전하셨다. 무뚝뚝하셨지만 가끔은 내게 장난도 치시고 맛있는 음식을 먹으러 가는 것을 좋아하시는, 골프

중독이자 여행 중독의 아버지 그대로였다. 나와 많은 것을 공유했던 내 인생의 길잡이자 멘토, 그리고 세상에서 가장 존경하는 사람이기도 한 우리 아버지의 모습 말이다.

공항에서 가장 안타까웠던 순간은 바로 중동의 인터넷 속도를 체감했을 때이다. 공항의 무선 인터넷에 내 휴대전화를 연결했을 때 나는 그 느린 속도를 온몸으로 느낄 수 있었다. 무려 SNS의 친구 목록을 불러오는 데만 20초가 걸렸고, 구글에서 '하마드 국제공항'을 검색해 첫 결과를 띄우는 데만 10초가 넘게 걸렸다. 한국보다 10배는 느린 속도였고, 나는 이곳이 얼마나 정보통신 사회에 뒤처져있는지 알 수 있었고, 내 삶의 대부분을 차지했던 인터넷 생활을, 속도가 아주 느린 이곳에서 앞으로 어떻게 해나가야 할지 걱정이 앞섰다.

어느새 대기시간 4시간은 훌쩍 지났고, 이제 어머니와 동생, 나, 그리고 아버지도 함께인 우리 가족은 사우디아라비아로의 마지막 여정을 위해 비행기에 올랐다.

사우디아라비아

이번에 소개할 이야기는 사우디아라비아에서의 1년 반 정도의 삶을 되돌아보는 글이자 내 인생의 가장 큰 전환점을 맞이한 시기에 관한 글이라 비교적 길게 느껴질 수도 있다. 또한 최근의 기억이기 때문에 주관적 해석과 섬세한 묘사를 사용할지도 모른다. 여기서 다룰 이야기는 사우디아라비아가 내게 얼마나 많은 영향을 미쳤는지 알리고픈 마음으로 쓰는 글이기 때문이다.

비행기에서 내려 담맘시의 킹 파드 국제공항에 도착한 나와 우리 가족은 탑승구에서부터 전해져 오는 뜨거운 열기로 인해 사막 나라의 한 가운데 있음을 자각할 수 있었다. 주위에는 온통 이슬람 전통 복장을 한 사람들뿐이었으며, 알지 못하는 언어가 여기저기서 들려왔다. 아버지께서는 익숙하신 듯 여행용 가방을 끌고 먼저 앞으로 걸어가셨지만 모든 것이 신기하고 당황스러웠던 우리는 사방을 둘러보는 데 한눈팔려 아버지께서 저만치 앞에서 우리를 부르셨을 때야 정신을 차리고 앞으로 나아갈 수 있었다.

사우디아라비아의 공항은 카타르의 하마드 국제공항과는 사뭇 달랐다. 하마드 국제공항은 아랍인뿐만 아니라 전 세계의 외국인들을 다 모아 놓은 만남의 광장이었다면, 이곳은 오로지 아랍인들과 일부 동남아시아에서 온 외국인 노동자들만 가득한 곳이었다. 공항의 전체적인 분위기 또한 달랐다. 벽이 유리로 덮여 있는 현대적인 구조를 띤 것이 하마드 국제공항이었다면, 담맘시의 공항은 그야말로 '전통적인' 공항이었다. 지은 지 오래된 것인지 온 벽은 사막의 노란색 사암으로 되어있는 것 같았고 개방적인 면모는 어디서도 찾을 수 없었다. 폐쇄적이고 보수적인 사우디아라비아의 수니파 이슬람 영향인 듯했다. 밖에는 모래바람이 불고 있었으며 공항 통로의 작은 유리 창문 밖으로 보이던 차들은 온통 모래에 젖어 노랗게 칠해져 있었다. 도로는 관리가 안 된 듯 보였으며 주변에서 푸른 나무와 살아 있는 생명의 존재는 눈을 씻고 봐도 찾을 수 없었다.

입국심사대의 붐비는 사람들을 보자 절로 한숨이 나왔다. 분명히 공항에는 일곱 개의 입국 심사대가 있었지만 오직 세 곳에서만 사람을 받았다. 심지어 그 세 곳의 속도도 형편없었으며 모두 더위에 지친 듯 느린 속도로 일했다. 공항의 대기 줄이 길어지는 것은 당연한 듯 보였고 이미 익숙하신 아버지께서는 가만히 줄을 서서 기다리셨다. 더 큰 문제는, 열려 있던 세 곳 중 오직 한 곳만이 신규 방문자 입국 심사를 위해 열려 있었다는 점이었다. 그곳의 대기 줄이 가장 길고 험난해 보였다. 우리는 아버지와 분리되어 그 줄에 서서 기다려야 했다. 그 줄에는 어린아이들이나 여성들을 위한 배려 같은 건 존재하지 않았다. 모두 함께 힘든 시간을 보내며 기다렸다. 일곱 개의 입국 심사대가 사용 가능한데 그중 단 세 곳만 쓰고 있다니, 이는 석유로 번 돈을 하늘로 날리고 있는 것과 다름없었다.

사우디아라비아의 사람들은 타 국가에 비교해 훨씬 쉽게 석유로 돈을 벌기에 효율적으로 돈을 쓰는 방법을 잘 알지 못하는 듯 보였고, 돈의 소중함 또한 인식하고 있지 못한 듯 보였다. 게다가 더운 날씨가 그들의 게으름과 비효율을 한 층 더 강화했을 것이다. 석유가 없는 이들을 상상하면 그저 웃음만 나온다. 아마 그랬다면 지금의 아프리카 빈민국들과 같은 삶을 살고 있을 것이라는 생각이 들었다.

이 나라가 지금보다 더 나은 발전을 이룩하기 위해선 국민성이 발달해야 하는데, 지금의 상태로는 불가능해 보인다. 20세기 이후로 이 나라는 가난도, 또 가난을 극복하는 것도 경험하지 못했다. 이는 국민성의 발달을 더디게 하고 실질적인 사회 구조의 변화와 개혁을 이뤄낼 수 없게 한다.

또한 사우디아라비아 특유의 정치체제인 종교가 사회를 지배하는 구조, 즉 군주제는 나라의 발전을 더욱 더디게 만들었다고 본다. 국민들은 종교에 발이 묶여 해외의 문화를 받아들일 수 없으며, 이는 현대 국가 발전의 필수 요소인 국민에 의한 정권, 즉 민주주의 정권이 발돋움하는 데 독이 되었다. 다른 중동의 국가들이 '아랍의 봄'을 겪으며 민주주의를 위하여 발버둥 칠 때, 사우디아라비아의 국왕은 더더욱 정권을 유지하기 위해 해외와의 교류를 봉쇄하고, 문화의 유입을 차단하며, 나라와 국민을 우물 안 개구리로 만들었다.

사우디아라비아의 국유펀드이자 세계 최대 규모의 기업인 사우디 아람코의 현 상황만 봐도 상황의 심각성을 알 수 있다. 자국민의 고용률이 50%도 채 안 되는 국영기업이 과연 세상 어느 곳에 있겠는가? 사우디아라비아는 자신들 땅에서 나는 석유로 번 돈의 일부를 외국인에게 뿌리고 있는 것과 다름없으며, 이는 절대 시장경제 활성화에 도움이 되지 않는다.

국민들은 국가에서 석유로 이룩한 돈으로 주는 복지로 인해 일하려 들지 않는다. 진화론적으로 볼 때 사우디아라비아의 국민들은 자연 선택에서 도태되어 가고 있다. 생존을 위한 경쟁, 즉 현대 사회에서의 생존에 필요한 학구열이나 더 많은 부를 위한 노력 등이 존재하지 않으며, 이는 반드시 사회의 몰락으로 이어질 것이다. 많은 국민들은 국가의 복지를 제외하고는 돈을 벌 수 있는 직업이 없기 때문에 이는 자국 내 시장경제의 비활성화로 이어진다. 결국, 국가가 국고로 시장경제를 억지로 활성화하고 있는 꼴이다.

사우디아라비아의 기괴한 경제구조 또한 이에 큰 영향을 미친다. 수출의 83%가 석유다. 이 지표를 통해 국영기업인 사우디 아람코 이외에 경제의 원동력이 될 수 있는 대기업이 존재하지 않음을 추측할 수 있고, 사우디 아람코의 외국인 고용률을 볼 때 자국민의 경제활동 참여율이 현저히 낮음을 추측할 수 있다. 결국, 경제 참여와 국내 시장 기여에서 도태된 국민들은 자연스레 국가의 복지에 의존해 게을러질 수밖에 없으며 이는 국가 경영에 있어서 큰 문제를 초래할 것이다. 발등에 불이 떨어졌을 때 문제를 바꾸는 것은 늦은 것이고, 이미 사우디아라비아의 발등에는 불이 떨어져 있다고 생각한다.

사우디아라비아의 국가 총생산량(GDP)은 대한민국의 그것보다 낮을지 모르나, 국제 사회에서의 발언권은 우리나라보다 더욱 강력하다. 석유 수출국 기구, OPEC의 대표 격 되는 국가이자 현대 사회의 필수품인 석유 제품의 일차적 생산지와 같은 곳이고, 중동이라는 특수한 지리적 조건에서 유일하게 강력한 친미(親美) 국가이기에 가능한 일이다. 그러나, 지금과 같은 국력과 국제사회에서의 발언권을 유지하기 위해선 국가적 차원에서의 개방과 기형적 경제구조 개편을 위한 노력이 필요할 것이라고 생각한다.

입국심사대를 통과하고 공항에서 나오자 아까 전 비행기 출구에서 내리자마자 느꼈던 더운 공기보다 더욱 건조하고 뜨거운 사우디아라비아의 공기가 나를 덮쳐왔다. 뜨거운 바람이 얼굴을 덮쳐와 눈을 질끈 감았다. 마치 공기 입자 하나하나가 볼에 부딪히는 것처럼 느껴졌다. 한국과는 전혀 다른, 이제까지는 느껴보지 못한 새로운 느낌이었고 나는 그것에 적응해야만 했다.

온통 사막만 있는 것은 아니다. 물론 사진은 카타르.

짐을 찾고 가장 먼저 확인한 것은 내 악기의 상태였다. 어머니의 키와 거의 같았던 높이의 거대한 검은색 항공 케이스의 상태는 겉으로 보기에 멀쩡해 보였고, 일단 안심했다. 항공 케이스 안에는 케이스가 하나 더 있었고 꽁꽁 싸매어져 있어 풀어보지는 못해 멀쩡한 상태를 장담할 수는 없었지만, 자세한 상태는 새로 머물게 될 집에 도착해 확인하기로 했다. 한 손에는 항공 케이스, 그리고 다른 한 손에는 항공 가방을 끌고 아버지의 붉은색 기아 모하비가 주차된 지하 주차장으로 향했다.

하얀색 이슬람 전통 옷을 입은 남자들은 내 악기를 신기한 눈으로 쳐다보았고 몇몇은 내가 끌고 가는 게 무엇인지 묻기도 했다. 나는 첼로라고 대답했지만 전혀 알지 못하는 눈초리였다. 폐쇄적인 사우디아라비아에서 악기를 배우는 것은 아마도 허락되지 않는 듯 보였다. 엘리베이터를 타고 두 개의 층을 더 내려가 지하 주차장에 도착하자 전보다 더욱더 뜨거운 바람이 두 뺨을 세게 쳤다. 나는 서둘러 에어컨 바람을 쐬고 싶은 마음뿐이었다.

차를 타고 사막을 달리는 느낌은 이루 말할 수 없을 정도로 새로웠다. 사막 너머로 보이는 넓게 펼쳐진 수평선을 보자 뜨거운 바람의 따끔함은 이미 마음속에서 사라졌고 마음이 탁 트였다. 도로는 관리가 되지 않았지만 반듯했고, 한국에서는 상상도 하지 못하는 무려 200마일이나 되는 제한속도에 감격했다. 나도 운전해보고 싶은 마음이 굴뚝같았지만 그럴 수 없다는 사실에 실망이 컸고 창문 밖을 보며 넓게 펼쳐진 사막에 감탄하기만 할 수밖에 없었다. 뒷좌석에 앉은 어머니와 동생의 표정도 나와 같았고 아무 말도 하지 않은 채 그저 창밖만 바라본 채로 있었다.

약 30분 정도 반듯한 도로를 달리자 창밖으로는 아랍어가 써진 간판이 달린 건물이 하나씩 보이기 시작했다. 드디어 시가지로 들어왔으나 신기하게도 밖에 돌아다니는 사람이 단 한 명도 없었다. 내가 아버지께 묻자 아마도 사우디아라비아의 엄청난 더위 때문일 것이라고 답하셨다. 대신 도로 위에는 자동차들이 많이 보였다. 역시 가장 많이 보이는 차들은 일본의 TOYOTA였고, 두 번째는 한국의 기아와 현대였다. 길거리마다 보이는 삼성 핸드폰 광고 또한 국제사회에서의 한국의 위상을 과시하고 있었고, 나는 알게 모르게 뿌듯하다고 생각했다. 간혹가다 길거리에 사람들이 보였지만, 대부분은 거지인 듯했고 신호를 받으며 서 있을 때는 간혹 구걸하는 검은색 아바야(사우디아라비아의 여성 전통 복장)를 입은 여자들도 보였다. 아직 사우디아라비아의 실정을 알지 못했던 나는 아버지께 '왜 이렇게 부유한 나라에도 거지가 있어요?'라고 물었지만, 아버지께서는 대답하지 않으셨고 그저 묵묵히 바뀐 신호를 바라보시며 운전대를 트셨다.

20분 정도를 더 달린 끝에 드디어 담맘시의 주 도심이 한눈에 들어왔다.

흔한 중동의 건물 풍경.
앞의 빨간 옷을 입은 사람들이 눈에 띈다.

놀라웠던 점은 주 도심의 대부분이 사우디 아람코 소유라는 점과 그중 반이 외국인을 위한 단지라는 사실이었다. 주 도심을 꿰뚫고 그 유명한 킹 파드 축구 경기장(King Fahad Stadium)을 지나 사우디 아람코 컴파운드 단지의 입구에 들어서자, 눈앞에는 장갑차와 기관총을 들고 있는 경비원들이 보였다. 당시 중동의 정세를 감안하여 그러려니 하며 지나쳤지만 테러의 가능성이 전혀 없지는 않았기에 항상 긴장하고 있을 수밖에 없었다.

아버지께서는 차의 창문을 내리고 경비원에게 사원증을 보여

주셨다. 그러자 정문의 차단기가 올라가고 철문이 열리며 단지 내로 들어설 수 있었다. 가장 먼저 보인 것은 바로 존스 홉킨스 병원이었다. 역시 사우디아라비아 최대 국영 기업다운 세계 최고의 의료 시설을 가지고 있었고, 직원은 무료로 의료 혜택을 받을 수 있었다. 사우디아라비아가 가지고 있던 석유의 힘은 그만큼 어마어마했다.

병원을 뒤로하고 아버지께서는 우리 가족을 방문자 센터로 데리고 가셨다. 차에서 내리자 아버지께서는 바로 좌석 앞의 서랍에서 햇볕을 막아주는 용도의 넓고 검은색의 촘촘한 거미줄과 같이 되어있던 그늘막을 꺼내시며 기아 모하비의 앞 유리를 가리셨다. 한국에서는 아무리 더워도 그늘막으로 유리를 가리지는 않지만, 사우디아라비아에선 그러지 않으면 다시 차로 돌아와서 사우나를 맛보게 된다. 차에서 내려 사우디아라비아의 땅을 밟자 다시 한 번 사우디아라비아의 땅, 공기, 그리고 뜨거운 햇살을 온몸으로 느낄 수 있었다. 숨을 한 번 들이마시자 뜨거운 공기에 가슴이 답답해졌지만, 그 답답함은 뒤로한 채 방문자 센터의 입구로 들어가시는 아버지를 종종걸음으로 따라갔다.

방문자 센터 안은 무척이나 시원했다. 아니, 오히려 시원하기보다는 추웠다. 더운 날씨 덕분에 모든 건물에서는 에어컨 바

람이 나오고 있었다. 전기세가 대한민국과 비교하면 월등히 저
렴하기에 모든 공공시설에서는 24시간 에어컨을 틀어 놓았다.
에어컨을 틀어 놓지 않기라도 하는 날엔 실내가 자동으로 찜질
방이 되어 버리기 때문에 에어컨을 트는 것은 그 나라에서 살
기 위한 필수 조건과도 같았다.

　순번 대기표를 뽑고 잠시 의자에 앉아있자, 곧 안내 탁자의
전광판엔 우리 차례임을 알리는 번호가 나타났다. 앞으로 나아
가 의자에 앉자 현지 사람으로 보이는 여자가 나에게 몇 가지
질문을 해왔지만 대답은 모두 아버지의 몫이 됐다. 그도 그럴
것이 분명 그들이 나에게 질문한 언어는 영어였지만 막 해외에
간 내가 그들의 중동 특유의 발음을 알아듣는 것은 불가능했
다. 게다가 질문을 했던 여자들은 모두 얼굴에 검은색 히잡을
두르고 있었기 때문에 알아듣기가 더욱 어려웠다. 신기하게도
아버지께서는 단번에 알아들으시고 나에게 한국말로 통역해
주셨다.

　"규찬아, 앞에 기계 보이지? 그 위에 오른쪽 엄지를 올리렴."

　나는 대답 없이 고개만 끄덕인 후 바로 손가락을 올려놓았
다. 오른쪽 엄지와 왼쪽 엄지를 끝내자 여자는 검은색 장갑을
낀 손으로 나머지 손도 올리라는 시늉을 했고, 나는 그저 그
말에 따랐다. 그렇게 지문을 등록하고, 의자에서 일어나자 동

생과 어머니를 차례로 불러 내가 했던 과정을 그대로 거치게 했다. 상황을 상상해보면 무척이나 짧은 시간 안에 끝날 것 같지만 나와 동생을 거쳐 어머니까지 모든 과정을 끝내는 것만약 한 시간이 걸렸고, 나는 사우디아라비아의 느린 업무 속도를 느낄 수 있었다. 사실 여자가 우리에게 지문을 올리란 말을 하고 등록하는 데 걸리는 시간은 다 합쳐도 10분이 채 되지 않았다. 그러나 그 이후에 여자가 업무를 보는 데 걸리는 시간에 느린 인터넷 속도까지 합쳐진 결과물이 바로 한 시간이었다. 차차 나아질 것으로 생각했지만, 이는 큰 오산이었다.

한 시간의 길고 지친 기다림으로 얻은 것은 회사 출입증이었다. 내 얼굴과 내 이름이 찍힌 사우디 아람코의 출입증을 목에 걸자 다시 한 번 내가 진짜로 사우디아라비아에 와있음을 실감할 수 있었다.

갓 받은 출입증을 목에 걸고 나와 우리 가족이 다음으로 향한 곳은 바로 아까 잠깐 차를 타고 지나칠 때 보았던 존스 홉킨스 병원이었다. 병원에 도착하자 아버지께서는 우리 가족을 방문자 센터(Visitors' Medical Examination Center)로 데리고 들어가셨고 어디로 가야 할지 도저히 감조차 잡을 수 없었던 우리를 원무과 앞의 의자에 앉히셨다.

신기하게도 병원의 모든 간호사는 동남아시아에서 온 여자들로 보였으며 아바야를 입은 중동 여자는 눈에 띄지 않았다. 간혹 휠체어에 앉아 여자 가정부에게 끌려오는 중동 여인들(주로 노인들)은 보였지만 사우디아라비아 현지인들은 병원에서 잘 찾아볼 수 없었다. 이 또한 사우디 아람코의 낮은 자국민 고용률 때문이리라.

사실, 나는 우리 가족이 지금 병원에 있는 이유에 대해 큰 의문을 품고 있었다. 분명 사우디아라비아 비자를 발급받을 때 이미 한국에서 건강 검진을 모두 끝낸 상태일 터, 우리가 현지 병원에 다시 온 까닭은 무엇일까? 이는 아직도 의문으로 남아 있는데, 왜냐하면 우리가 몇십 분 동안 간이 의자에서 기다린 끝에 한 일은 오로지 피를 뽑는 것뿐이었기 때문이다. 그러나 이를 별로 대수롭지 않게 여겼던 나는 아버지께 따로 피를 뽑는 이유에 대해 질문드리지 않고 그냥 마음속에만 묻어 두기로 하였다.

사우디아라비아가 나에게 더는 새로운 것이 아닌 삶의 한 부분이 되어버린 것은 그때부터였던 것 같다. 분명 고작 몇 시간 전의 나, 사우디아라비아에 막 도착하여 모든 것이 새롭게 느껴지고 또 두렵게 느껴지던 나였더라면 분명히 이를 대수롭게 넘기지는 않았을 것이다. 불과 사우디아라비아의 척박하고 건조한 사막 땅을 밟은 지 몇 시간 만에 나는 그 환경을 더는 새롭다고 여기지 않기 시작한 것이다. 이는 참으로 놀라운 것이었다. 아버지께서는 사우디아라비아에 도착한 지 한 달이 지나서야 주변인에게 질문할 필요 없이 혼자서 무언가 하실 수 있으셨다고 내게 말씀하셨고, 어머니와 내 동생마저도 사우디아라비아의 환경에 적응하는 데 무려 반 년이 넘게 걸렸으니 말이다.

드디어 사우디아라비아에서의 첫걸음이 모두 끝났다. 차를 탄 우리는 집으로 향했다. 분명 집으로 향하는 우리 차였지만, 회사 컴파운드 단지 밖으로 향하고 있었다. 운전하고 계시던 아버지께 물어보려던 찰나 아버지께서 먼저 입을 여셨다.

"우리 집은 회사 컴파운드 밖에 있어. 담맘시 주 도심에 있지. 아파트처럼 되어 있는 집인데, 임시 숙소라고 생각하면 돼. 이번에 회사에서 신입 사원 채용을 무지막지하게 한 바람에 컴파운드 안의 집이 부족해져서 회사에서 '라디움'이라는 사설 컴파운드 단지를 임대해서 사용하고 있는 거야."

이번 해에 들어서 신입 사원을 대규모로 채용한 사우디 아람코는 컴파운드 단지 내의 집만으로는 모든 사람을 수용할 수 없었고 그 결과로 여러 사설 컴파운드 단지들을 임대하여 사용하고 있었다. 라디움은 그중 하나였는데, 사실상 호텔이라고 볼 수 있는 구조로 되어 있었다. 담맘시 주 도심에서 가장 높은 빌

딩(사실 이 빌딩도 사우디 아람코 소유의 아파트이다) 옆에 지어져 있었던 라디움은 미음(ㅁ) 자로 되어 있는 아파트였고 가운데 수영장이 있었다. 각 건물의 일 층에는 헬스장을 비롯해 사우나, 볼링장, 당구장, 레스토랑 등의 각종 여가 시설들이 지어져 있었고 심지어 작은 편의점도 있어 굳이 더위를 맞으며 밖으로 나갈 필요가 없었다.

라디움 수영장의 모습이다.
학교가 끝난 뒤 곧장 이곳으로 향해 더위로 지친 몸의 열을 식히곤 했다.

그러나 이는 몇 가지 단점 또한 가지고 있었다. 화재 시 소방차 진입이 어려웠고 건물 구조상 밖이 보이지 않아 집 안이 답답하다는 점이었다.

지하주차장부터 연결되어 있던 엘리베이터를 타고 3층으로 올라가자 좌측 두 번째, 세 번째에 자리 잡고 있는 문들이 눈에 띄었다. 우리 가족은 네 명이지만 라디움의 한 방은 2인용이기 때문에 방 두 개 사이의 벽을 허물어 우리 가족이 사용할 수 있도록 개조한 것이었다. 두 번째 문을 열고 들어가자 바로 원목 식탁이 보였고, 그 안쪽에는 다시 방이 하나 보였다. 두 개의 방이 하나가 된 우리 집은 중앙의 허물어진 벽이 중앙 분리대 역할을 하고 있었다. 한쪽은 주방과 식당, 그리고 나머지 한쪽은 거실이었다. 방 안에는 잔잔한 실내등이 켜져 있어 호텔과도 같은 분위기를 연출했고, 에어컨은 항상 작동하여 24시간 쾌적한 환경을 유지할 수가 있었다.

문제점이라고 하면, 바닥이 온통 대리석으로 되어있고 벽 또한 석재이기 때문에 집 안에 물기가 잘 찬다는 점과 실내가 건조하여 비염을 앓고 있었던 나의 증상을 더욱 악화시키는 요인이 될 수도 있다는 점 등이었다.

방으로 도착해 신발을 벗고 짐을 풀기 전 가장 먼저 확인한 것은 단연 내 첼로의 손상 여부였다. 항공 케이스를 벗겨내자 뽁뽁이로 감싸진 악기 케이스가 드러났다. 주방에서 가위를 하나 가져와 감싸져 있던 뽁뽁이를 잘라내고 허겁지겁 케이스의 잠금장치를 풀었다. 케이스를 열자, 다시 뽁뽁이로 감싸진 내 짙은 갈색의 독일산 참나무로 만들어진 1960년산 악기가 모습을 보였다. 다행히도 겉으로 보았을 때 파손된 부분은 찾아볼 수 없었다. 천천히 하나씩 뽁뽁이를 제거해 나가자 악기는 넥 (Neck)을 시작으로 브리지(Bridge), 테일피스(Tailpiece), 그리고 현악기의 상징이라 불리는 'f' 자 모양의 구멍을 드러냈다.

손가락으로 A현을 퉁기자 맑고 웅장하지만 깊은 소리가 방을 채웠다. 첼로가 이상 없음을 확인한 나는 케이스에서 활을 꺼내 내 중학교 인생을 함께했던 곡인 바흐의 무반주 첼로 모음곡 1번의 'Prelude'를 즉흥적으로 연주했다. 2분 30초간의 연주가 끝나자 나는 눈을 감고 활을 현에 밀착시켜 놓은 상태로 악기 안의 울림통으로부터 내 방의 곳곳으로 전달된 여운을 즐겼다. 악기를 연주함으로써 나는 내 인생을 되돌아보는 시간을 가졌다. 내가 첼로 연주를 배우기 시작했던 초등학교 1학년부터 사우디아라비아로 오기 직전까지의 파란만장하고도 남달랐던 나의 인생을 되돌아본 후 눈을 살며시 떴다. 그때 방 앞의 벽에 붙어있던 전신 거울에서 내가 본 것은 무엇이었을까? 꿈을 포기하고 모든 것을 저버린 이의 빛이 비치지 않는 허상이었던가? 아니, 내가 본 것은 새로운 도전 앞에 희망 찬 모습으로 홀로 선 나 자신이었다.

　며칠 간 잠을 이루지 못하는 밤이 계속되었다. 한국과는 6시간 차이가 나는 시차도 문제였지만 더 걱정되었던 것은 학교였다. 아무리 내가 사우디아라비아의 새로운 환경에 빠른 속도로 적응을 한다고 하여도 내가 앞으로 개척해야 할 중학교 생활에도 빠르게 적응할 것이라고 장담할 수 없었기 때문이다. 같은 언어를 사용하는 한국 안에서 전학하는 것도 힘들고 괴로운 일인데 다른 언어를 쓰는 학교로 전학해야 하는 나는 내면으로부터 올라오는 커다란 공포감에 도저히 잠을 이룰 수 없었다.

　며칠 밤을 설치고 드디어 새 학교 견학 날이 다가왔다. 학교는 사우디 아람코 컴파운드 단지 내에 있었기 때문에 담맘시 주 도심의 우리 집에서 약 40분 정도 떨어져 있는 먼 거리에 자리 잡고 있었다. 등교하려면 6시 40분에 출발하는 회사 버스를 타야 하는 곳이었다. 하지만 그날은 단순히 내가 다닐 학교를 견학하는 날이었기 때문에 아버지 차를 타고 함께 학교로 향했다.

　컴파운드 단지의 안으로 들어간 후 약 5분쯤 차를 더 달리자 검문소가 하나 더 나타났고 그들은 나와 아버지의 사원증을 다시 한 번 확인한 뒤 차단봉을 올려 우리에게 더 안쪽으로 향하는 길을 내주었다. 속도를 올려 제2차 검문소의 안쪽으로 들어가자 바로 내 눈앞에 보였던 표지판에는 'Dhahran Junior High School'이라는 선명한 하얀색 글씨가 쓰여 있었다. 학교 앞의 주차장에 차를 세우고 내리자 다시 사우디아라비아의 뜨거운 햇살이 나를 비추었다.

Dhahran Junior High School 주차장의 모습.

천천히 아버지와 함께 정문으로 걸어가 경비에게 학교 입학처 (Admission Office)가 어디에 있는지 묻자 그는 학교의 정문에서 북동쪽으로 손을 쭉 뻗어 손가락으로 커다란 문 두 개가 달린 건물을 가리켰다. 우리는 경비에게 감사를 표현한 후 서둘러 입학처로 발걸음을 옮겼다. 문을 열고 들어가자 바로 앞에는 안내 탁자가 보였고 학교 직원 중 하나로 보이는 여자가 앉아 있었다. 아버지께서 먼저 그녀에게 인사를 건네셨다.

"Hello, good morning. My name is Mr. Jeon. The boy next to me is my son, and he is a transfer(a transfer student). We are looking for the Admission Office. Could you tell me where that is(좋은 아침입니다. 옆에 있는 제 아들은 이번에 새로 온 전학생인데 지금 우리는 입학 사정관을 찾는 중입니다. 혹시 어디로 가야 하는지 아시나요)?"

아버지의 유창한 영어로 질문받은 그녀는 웃으며 대답했다.

"Good morning. First, welcome to Dhahran Junior High School. I can help you with that……. Could you guys please wait right here for just a moment so that I can bring the Dean of Admission here(Dhahran Junior High School 에 온 것을 환영합니다. 곧 입학 사정관을 불러오겠습니다. 잠시 기다려주실 수 있을까요)?"

나는 그녀가 말한 것의 전부는 알아들을 수 없었지만, 안내 탁자 앞에서 기다리고 있어야 한다는 맥락 정도는 이해할 수 있었다. 아버지께서는 기다리겠노라 대답하신 후 나를 안내 탁자 앞에 있던 의자에 앉게 하신 뒤 본인께서도 앉으셨다. 불과 2분도 채 안 되어 안내 탁자의 왼쪽으로 이어져 있던 복도로부터 구둣발 소리가 들려왔고 잠시 뒤 안내 탁자의 여자와 함께 백발의 나이 많은 백인 여자가 모습을 드러냈다. 먼저 아버지와 악수를 한 그녀는 나에게 또한 손을 건네 악수를 청했고 간단한 인사를 주고받은 뒤 우리를 자신이 걸어왔던 안내 탁자 왼쪽의 복도로 인도했다. 그날의 첫 번째 일정은 학교 탐방이었다.

내가 앞으로 몇 년간 다니게 될 학교의 구조는 한국의 그것과는 매우 달랐다. 먼저, 한국처럼 한 건물로만 이루어져 있는 것이 아니었고 여러 건물로 이루어진 단지가 하나의 큰 학교를 이루고 있었다. 수영장과 체육관 등의 운동시설과 시청각실, 강당, 공연장 등의 여러 시설이 있었고 교실들이 있는 큰 건물들도 몇 개 있었다. 입학처가 있었던 가장 큰 건물과 옆의 두 번째로 큰 건물을 이어주는 통로에는 도서관이 자리 잡고 있었는데, 여도 중학교의 도서관이나 여도 초등학교의 도서관에 비교할 수 없을 정도로 거대했고 여러 대의 컴퓨터가 놓여 있어 정보 사용 또한 쉬워 보였다. 막 1교시를 시작한 학교는 쥐 죽은 듯 평화롭기 그지없었다. 얼마 전부터 마음속에 자리 잡고 있던 공포감은 사라지고 그 자리에 새로운 학교에 다니는 것에 대한 희망과 기대감이 채워지고 있었다.

도서관 구경을 끝으로 첫 번째 일정이었던 학교 탐방을 마친 나는 배치 고사를 치기 위해 빈 정보학습실로 들어갔다. 방은 수십 대의 컴퓨터가 놓여 있을 정도로 거대했고 가운데에는 거대한 회의용 탁자가 놓여 있었다. 회의용 탁자의 한 의자에 앉은 나는 종이 시험지를 받을 준비를 하며 필통에서 연필과 볼펜을 꺼냈지만 예상을 깨는 일이 벌어졌다. 컴퓨터를 사용해 배치 고사를 쳐야 했던 것이다. 그제야 나는 나를 정보학습실로 데리고 온 이유를 이해할 수 있었다.

나는 서둘러 다시 꺼내 두었던 연필과 볼펜을 필통에 넣은 뒤 탁자 의자에서 일어나 백인 여자가 시동한 컴퓨터 앞에 앉았다. 컴퓨터로 몇 가지 설정을 마친 뒤 여자는 내게 미소를 짓더니 밖으로 나간 뒤 문을 닫았다. 나 혼자만 남은 정보학습실에선 잠시 정적이 흘렀고, 정신을 차리자 내 눈앞의 모니터에는 영어로 된 첫 번째 문제가 3시간 동안 이어질 배치 고사의 시작을 알리고 있었다.

첫 과목은 영어 독해였다. 한 시간에 7개 지문마다 7개씩 할당된 문제 총 49개를 풀어야 했다. 영어 독해는 한국에서 영어 학원에 다니며 계속 공부해왔던 것이고 이때까지 텝스(TEPS)나 토셀(TOSEL)과 같은 시험들을 쭉 쳐왔기 때문에 큰 걸림돌이 안 되었다. 그러나 7개 지문 49문제를 한 시간 안에 풀어야 했기 때문에 시간은 매우 촉박했다. 시험 중간에 나온 모르는 몇몇 단어들 때문에 풀지 못하는 문제들이 속출하자 내 마음은 점점 다급해졌고, 모호한 문제들이 하나씩 쌓여갈 때마다 좌절감은 커졌다. 모든 질문이 객관식인 것은 다행이었지만, 한 문제의 답을 선택하고 다른 문제로 넘어가 버리면 그 전의 답을 수정하지 못하는 것은 내게 더 큰 부담감을 안겨주었다. 그렇게 한 시간이 모두 지나고 곧바로 시험 결과가 나왔다. 결과는 참담했다. 160점 만점에 149점. 기대한 것보다 훨씬 낮았던 영어 독해 시험의 점수에 나는 당혹감을 감출 수 없었다. 그러나 배치 고사는 내게 실망할 시간조차 주지 않은 채 다음 과목 시험을 시작했다. 다음은 영어 문법이었는데, 자신감 넘쳤던 문법은 첫 문제부터 내게 엄청난 좌절을 선사했다. 문장에서 한 단어의 특정한 뉘앙스를 물어보는 문제를 원어민이 아닌 내가 어떻게 풀 수 있었겠는가. 이는 영어권 국가에서 태어나 꾸준히 영어로 의사소통을 하며 자라고, 영어로 된 신문과 책을 접해야만 가능한 것이었다. 한국에서 영어라고는 고작 비속어밖에 사용하지 않았던 나는 도저히 풀어낼 자신이 없었다. 영문법 50문제 중 반 이상은 이러한 당혹감 속에 넘겼고, 결과는 앞섰던 독해 시험보다 더욱 참담했다. 140점 만점에 117점. 백분위로 환산해 보아도 83% 정도밖에 되지 않았다.

두 과목의 시험 뒤 지칠 대로 지쳐버린 나는 더 이상의 배치 고사는 치고 싶지 않았지만 시험은 또다시 나의 기대를 무시한 채 바로 마지막 시험이었던 수학으로 넘어갔다. 그리고 내게는 기적이 일어났다. 50문제를 30분 만에 다 풀어버린 것이다. 심지어 결과는 180점 만점에 178점. 거의 만점에 가까운 성적이었지만 나는 전혀 놀랍지 않았다. 생각보다 너무나도 쉬웠다.

몇 달 전 한국에서 사우디아라비아로 가야 한다는 소식을 들었을 때 준비를 하기 위해 잠시 미국 수학 교육과정을 살펴보았던 적이 있다. 영어로 된 누리집을 완벽히 번역해 낼 수 없었던 나는 나의 학년 때 배우는 것이 무엇인지 쓰여 있을 것으로 보이는 목차 부분을 봤다. 거기서 Calculus라는 생소한 단어가 보이기에 사전을 찾아보았더니 '미적분학'이라는 뜻이었다. 그걸 본 나는 엄청난 혼란과 공포에 휩싸였다. 미국 학생들이 배우는 수학은 우리나라보다 쉽다는 소리는 전부 말도 안 되는 것이라며 '숨마쿰라우데'라는 문제집을 사 준비하기로 마음먹었다. 시험공부를 하듯 매일 열심히 푼 것은 아니지만 그래도 쪽팔림을 당하거나 무시를 당하고는 참지 못하는 성격이기 때문에 개념 정도는 익혀 두고 갔다. 그러나 막상 사우디아라비아에 도착하여 친 배치 고사에서 미적분학에 관련된 문제는 눈을 씻고 봐도 찾아볼 수 없었고 가장 어려웠던 문제가 단순한 삼각비 활용 문제였으니 이는 내게 어려울 리가 만무했다.

시험이 전부 끝나고 나자 나는 곧바로 자리에서 일어나 기지

개를 컸다. 다리에서는 쥐가 났고 갑자기 긴장이 풀려버린 탓인지 졸음이 쏟아졌다. 문을 열고 밖으로 나가자 아까 그 여자가 나를 반갑게 맞이해 주었다. 여자는 내게 미소를 지어 보이며 눈짓을 한 후 방 안으로 들어가 내가 사용했던 컴퓨터로 내 배치 고사 성적을 확인했다. 그런 그녀를 뒤로한 뒤 나는 복도를 따라가 건물 밖으로 나갔다. 때는 이미 점심시간이었고 아이들은 전부 교실 밖으로 나와 싸온 점심을 먹거나 먹을 음식을 사기 위해 무리 지어 매점으로 향하고 있는 듯 보였다.

저 멀리 의자에 앉아 계신 아버지에게 뛰어갔다. 점심을 먹으며 기다린 것이 약 한 시간쯤 지나자 멀리서 입학처의 여자가 걸어오는 게 눈에 띄었다. 여자는 우리에게 다가오더니 나를 또다시 다른 방으로 데려갔다.

방 문을 열고 들어가자 안에는 다른 여자가 한 명 더 있었다. 금발의 여자가 앉아 있던 자리 앞에 앉자 여자는 내게 몇 가지 수학 문제를 냈다. 그녀가 내게 낸 문제들은 정말 쉬웠다. 연립이차 방정식, 피타고라스 정리……. 한국의 교육과정으로 치면 중학교 2학년에서 3학년 수준 정도밖에 되지 않는 문제들(당시 나는 한국에서는 중학교 2학년이었으니 사실 알맞은 수준의 문제들이긴 하다)을 내게 낸 것이다. 내가 주어진 다섯 문제를 십 분도 채 안 되어 풀어내자 수학 선생으로 보이는 금발 여자의 눈이 휘둥그

레졌다.

　방 문을 나선 나는 그대로 집으로 향했다. 벌써 시계는 오후 4시를 가리키고 있었고 아침 일찍부터 시작된 강행군에 지친 나는 바로 침대로 향했다. 그날은 목요일이었고 첫 등교일은 월요일이었다. 아직 내게 여유를 즐길 시간은 충분히 남아 있는 듯 보였다. 물론 나는 대부분 잠을 자는 것으로 시간을 보냈다.

　금요일, 아버지께 수업 시간표를 담은 전자 우편이 한 통 전달되었다. 내가 'Dhahran Junior High School'의 톱니바퀴의 하나로서 들어가게 될 자리는 7학년이었다. 우리 학교는 미국식 국제학교였기 때문에 당연히도 미국 교과 과정을 따랐다. 지역별 정책에 따른 차이가 존재하기는 하지만 일반적으로 볼 때 대학교 아래의 학교들은 1학년부터 12학년까지 있다. 1학년부터 4학년은 초등학교, 5학년부터 8학년까지는 중학교, 9학년부터 12학년까지는 고등학교에 다니게 된다.

　학교에서 나는 총 8개의 수업을 수강했는데 영어, 수학, 역사, 보건, 체육, 선택 과목 2개, 그리고 외국어(나에게는 제2외국어이지만)였다. 다행스럽게도 ESL은 듣지 않았다. ESL은 'English as a Second Language'라는 거창한 이름을 가지고 있는데, 학교마다 다르겠지만 적어도 이 학교에서 ESL은 아직 영어를 능숙하게 못 하고 미국식 교과 과정을 이해하지 못하는 학생들을 위해 개설된 특수반이다. 내가 그 수업을 듣지 않는다는 것은 내 영어 실력이 인정받았다는 뜻이고 부모님과 나는 그나마 안심할 수 있었다.

수학은 Algebra II, 번역하면 대수학 II를 들었는데, 이는 7학년으로써는 매우 높은 수준이었다. 잠깐 다시 미국식 수학 교육과정의 설명을 덧붙이자면 평범한 미국인 학생은 9학년 때, 즉 고등학교에 갓 입학해 Algebra I(대수학 I)을 듣고, 10학년 때는 Geometry(기하학)을 듣는다. 그리고 11학년이 되어서야 Algebra II를 듣는다. 난 4년을 건너뛴 것이다. 중학교에 Algebra II 수업이 개설되어 있던 것이 신기할 따름이었다.

제2외국어는 스페인어, 프랑스어, 그리고 아랍어 중의 하나를 선택할 수 있었는데 나는 스페인어를 선택했다. 그것을 선택한 특별한 이유는 없었다. 세계의 수많은 나라 사람들이 스페인어를 모국어로 채택하고 있었고 그 사용자는 점점 늘어나는 추세였기 때문에 선택했다.

다른 수업들은 평범했다. 세계사, 보건, 그리고 쓸데없는 선택 과목들……. 모두 한국의 학교들 또한 가지고 있는 것들이고 차이는 수업 시간에 오직 영어만 사용한다는 사실밖에 없었다.

첫 등교일까지 남아있던 며칠은 금방 지나갔다. 4월 말이었으니 7학년이 끝나기까지 두 달도 채 남지 않았지만 준비할 것들이 태산이었다. 4월로 사우디아라비아행을 정한 것도 내 학업에 조금이나마 유리하도록 하기 위해서였다. 한국에서의 나의 중학교 1학년, 2학년, 그리고 7학년 성적은 백지나 다름없는 상태였기 때문에 부모님은 성적에 크게 신경 쓰지 않았다. 서둘러 적응하는 것이 더 중요했다. 그래서 내가 두 달이나마 미국식 학교를 먼저 경험하기를 바라신 아버지께서 4월 중순을 내 출국일로 정하신 것이다. 지금 되돌아보면 내 외할아버지께서 내리신 외삼촌의 일본 유학 결정과 같이 아버지의 현명한 선택이 내 미래를 완전히 바꾸어 놓은 것일지도 모르겠다. 고대하던 첫 등교일, 아침 6시에 일어나 샤워하고 옷(교복이 아닌)을 챙겨 입고 가방을 맨 뒤 문을 나섰다. 무려 한 달 만에 부모님께 드리는 인사였다.

"학교 다녀오겠습니다."

버스를 타고 약 40분을 달려 학교에 도착했지만 안타깝게도 그 누구도 나를 기다리고 있지 않았다. 어디로 가야 할지 몰랐던 나는 곧바로 저번 견학 날 학교에 도착해 가장 먼저 방문했던 입학처로 향했다. 입학처에 도착하자 그제야 저번의 그 나이가 지긋한 백인 여자가 모습을 드러냈다. 여자는 나를 발견하자 미소를 지으며 내게 다가오더니 양손에 막 인쇄된 것으로 보이는 시간표를 쥐어 주었다. 그리고 내게 따라오라며 손짓했다.

나를 데려간 곳은 첫 수업을 할 교실인 역사 교실로 보였고 안에는 키가 크고 잘생긴 백인 남자 선생이 나를 기다리고 있었다. 그는 나를 반가운 얼굴로 맞이한 뒤 두 번째 줄 맨 뒤에서 세 번째 자리를 내주었다. 흑인, 백인, 아랍인 등 여러 인종이 뒤섞여 있던 교실에서 순식간에 내게 시선이 주목되었다. 아이들은 내게 말을 걸어왔지만 내가 할 수 있었던 건 고작 미소를 지어주는 것뿐이었다. 가끔 가다 그들이 하는 말을 알아들을 수 있었지만, 전부를 알아듣는 것은 내게 너무나도 벅찼다.

수업 시간 50분은 매우 빠르게 흘러갔다. 앞에서 선생님께서 열심히 수업을 가르치셨지만 나는 수업 내용의 3분의 1조차 알아듣지 못했고 그저 50분 간 멍하니 앞의 선생님을 쳐다볼 수밖에 없었다. 나머지 수업 시간도 전부 그렇게 보냈다. 쉬는 시간에는 이전 과목 선생님이 나를 다음 과목 교실로 데리고 가는 일이 반복됐고 오후 3시 즈음 모든 수업을 마칠 때까지 50분 간 멍하니 앞을 바라보며 다른 교실로 이동하는 일이 반복되었다. 미칠 것만 같았다. 아무것도 할 수 없다는 사실은 나를 무기력하게 만들었고, 마지막 교시가 끝나자 내 몸은 녹초가 되었다. 얼른 침대에 눕고 싶은 마음뿐이었다. 가장 기대했고 자신있던 수학 수업도 마찬가지로 끝나버리자 나는 무너져버리고 만 것이다.

돌아가는 버스를 타고 다시 약 40분을 달려 집에 도착하자 나는 부모님의 쏟아지는 질문을 전부 무시한 채 방문을 걸어 잠그고 침대로 쓰러졌다. 다음날도, 그리고 그 다음날도 그런 하루가 계속됐고 나는 지쳐버렸다. 숙제가 무엇인지, 다음날 시험이 있는지 혹은 퀴즈(시험과 비교하면 GPA에 미치는 영향은 적지만 여전히 GPA의 약 20%에서 25% 정도를 차지하는 시험)가 있는지 전혀 알 수 없었던 내가 모든 과목에 좋은 성적을 받는 것은 불가능해 보였고 결국 좌절감이 원인이 되어 나는 몸져눕고 말았다. 나는 그렇게 며칠 간 침대에서 일어날 수 없었다.

이는 아까 말했듯이 여러 가지 원인이 있었는데, 학교에서의 어려움으로 인한 좌절감이 가장 컸고, 사우디아라비아의 엄청난 실내외 온도 차이 때문이기도 했다. 실내에서는 항상 에어컨을 틀어 놓고 있어 시원했고 심지어는 추울 때도 있지만, 밖으로 나가기만 하면 엄청난 더위에 쪄 죽을 정도이니 극심한 온도 차이에 적응하지 못한 내 면역력이 떨어져 감기에 걸리고 만 것이다.

당시 한국을 포함해 전 세계에서는 메르스(MERS, 중동호흡기증

후군)가 막 확산하고 있었고 마침 나는 발상지였던 사우디아라비아에 있었기 때문에 메르스에 걸린 것이 아닌지 걱정이 되기도 했지만, 이는 기우(杞憂)였다.

며칠간 침대 위에서 푹 쉬고 약을 먹으며 증상이 호전되기를 기다리자 이제 침대에서는 일어날 수 있었고 학교에도 갈 수 있었다. 하지만 나는 도저히 그렇게 하기는 싫었다. 그러나 이미 무려 삼 일이나 학교를 빠졌기 때문에 나는 더는 학교를 빠질 수 없었다. 이제는 학교에 가야 할 때였고 나는 이겨내야만 했다.

그러나 나는 결국 7학년의 벽을 넘을 수 없었고 학교에 완벽히 적응하지 못한 채로 시작된 기나긴 여름방학을 맞이했다. 8학년은 또 어떻게 견뎌내야 할지 부모님도, 나도 걱정이 태산일 수밖에 없었다. 학교에서도 내 배치 고사 성적을 보았기에 내게 기대를 많이 했을 터인데 나는 아마 그들에게도 큰 실망을 안겨 주었을 것이다.

한국과는 다르게 미국식 교육과정을 따르는 대부분 학교는 여름방학이 어마어마하게 길다. 6월 초부터 9월 초 혹은 8월 말까지니 약 3개월 정도 되는 긴 기간을 학생들의 휴식시간으로 제공해 주는 것이다. 내가 만약 고등학생이었더라면 방학 동안 할 일이 많았을 것이지만 당시 중학생이었던 내게 방학 중할 일은 전혀 없었다. 덕분에 우리 가족과 나는 방학 동안 자유롭게 여행을 다닐 수 있었다.

　방학 중 가장 먼저 여행한 곳은 미국이었다. 큰외삼촌이 계시는 워싱턴 D.C.와 그 부근인 메릴랜드, 그리고 버지니아주로 향했다. 사우디아라비아에는 미국으로 향하는 직항 비행기가 존재하지 않기 때문에 KLM 항공을 타고 쿠웨이트와 네덜란드의 암스테르담을 거쳐 미국 워싱턴 덜레스 국제공항으로 향하는 비행기에 탑승해야만 했다. 무려 14시간에 걸친 기나긴 비행이 끝났다.

　도착 공항인 워싱턴 덜레스 국제공항에는 큰외삼촌과 외숙모, 그리고 사촌 동생이었던 민성이와 민지가 마중을 나와 있었다. 마침 미국에 와 계셨던 외할머니도 함께 계셨다. 약 2개월 동안 보지 못했던 외할머니의 모습을 보자마자 눈물이 터져 나와 달려가 힘껏 안아드렸다. 오랜만에 보는 외삼촌과 외숙모를 보자 기쁜 마음에 눈물을 흘렸다. 아마 몇 년간 보지 못했던 서로의 얼굴을 보았다는 것에 대한 기쁨의 눈물이었을 것이다. 막 태어나 세상의 빛을 본 지 2개월이 채 되지 않은 민지는 귀엽기 그지없었다. 외할머니께서 오신 이유도 변호사였던 외숙모께서 일 때문에 민지를 돌볼 수 없었기 때문이었다.

　기쁨의 재회를 마치고 함께 차를 타고 집으로 가는 길, 나는 태어나 처음 보는 미국의 도로와 건물들에 마냥 신기하기만 했다. 외삼촌 집에 도착하자 기나긴 여행의 피로에 지친 나는 몸을 씻지 않은 채로 깊은 잠에 빠져들었다.

미국 도착 당일 촬영한 국회의사당의 모습이다. 노을이 져 있는 모습이 정말 아름답다

우리는 미국에 약 한 달간 머물 예정이었다. 그 한 달 동안 내가 얻을 수 있었던 것은 무엇이었을까? 새로운 문화, 새로운 자연환경, 그리고 새로운 사람들을 만나는 경험의 즐거움? 물론 그것도 내가 얻은 중요한 가치의 한 부분이었지만, 나는 더 중요한 것을 얻었다. 바로 새 삶이다.

미국에 도착한 지 둘째 되던 주, 외할머니께 내 동생 규진이를 맡긴 후 내 부모님과 나는 캐나다로 가기 위한 버스를 탔다.

출발지였던 메릴랜드주로부터 약 7시간을 달린 끝에 도착한 곳은 뉴욕주에 위치한 버펄로였다. 버펄로는 디트로이트와 같이 이제는 몰락한 옛 공업 도시 중 하나였는데 미국과 캐나다를 잇는 관문과도 같은 도시였다.

버펄로로 향한 이유는 단 하나, 바로 나이아가라 폭포 때문이었다. 태어나 처음 봤던 나이아가라 폭포의 모습은 장관 그 자체였다. 미국 영토에서 바라본 나이아가라 폭포는 우렁차게 흘러내렸고 그 끝없이 흐르는 모습은 마치 내가 미래를 설계해야 할 방향을 보여주는 것 같았다. 반면 캐나다 영토에서 바라본 나이아가라 폭포는 거대한 대자연의 모습을 그대로 비추고 있었다.

캐나다 땅에서 바라본 나이아가라 폭포의 모습이다.

나이아가라 폭포를 벗어나 토론토, 그리고 퀘벡주의 몬트리올을 차례로 방문했다.

토론토에서 본 토론토 대학의 모습은 한국의 그것과는 매우 달랐다. 아무래도 더욱 깊은 전통을 가지고 있는 대학이니 더 대단하게 느껴진 것 같다. 몬트리올 방문을 마치고 우리는 마침내 캐나다 국경을 건너 다시 미국으로 향했다.

미국 땅을 밟은 뒤 가장 먼저 향한 곳은 매사추세츠주의 보스턴이었다. 보스턴에 방문한 이유는 단 하나, 바로 세계 제일의 대학들을 보기 위함이었다. 내가 하버드 대학교에 들어가고자 결심한 순간이 바로 이때이다. 하버드 대학교의 넓은 캠퍼스와 엄청난 크기의 도서관을 보자마자 나는 바로 그것에 빠져들었다. 아무래도 이과를 염두로 두고 있는 나였지만 나중에 보았던 매사추세츠 공과대학, MIT보다는 하버드 대학교의 합격통지서가 더욱 탐났다. 아무래도 세계 모든 사람의 첫 번째 대학교이기 때문이자 그 오래된 전통 때문이 아닐까 생각한다.

보스턴에서 나와 뉴욕을 거쳐 다시 외삼촌의 집, 메릴랜드로 돌아왔다. 눈코 뜰 새 없이 바빴던 여행을 마치고 돌아온 내게는 아직 더 큰 여정이 남아있었다. 내 인생의 중요한 결정에 다시 한 번 엄청난 영향을 미칠 여정이었다.

캐나다에서 돌아온 바로 다음날, 나와 부모님, 외숙모는 함께

외삼촌 집 근처에 있었던 한 기숙학교로 향했다. 학교의 이름은 Georgetown Preparatory School였다. 설립 연도는 1789년인데 이는 근처에 있던 조지타운 대학교와 같다. 원래는 조지타운 대학교 산하의 부속 기관으로서 해당 대학교 입학을 준비하던 학생들을 위한 그야말로 '준비학교'였지만 이후 독립해 독자적인 기숙형 사립학교로 발돋움했다. 미국의 다른 사립 고등학교들에 비교하면 작은 캠퍼스 면적을 가지고 있지만, 메릴랜드주의 최고의 학교 중 하나이자 미국 내의 기숙학교 중에서도 최고 중 하나로서 인정받는 학교이다. 또한, 미국의 유일한 예수회 소속 기숙학교이기도 하다(그러므로 남자 학교이다). 이 학교에 대해서 이렇게 잘 알고 있는 이유는 이 학교가 지금 내가 다니고 있는 학교이기도 하기 때문이다.

아버지께서 사우디아라비아행을 선택하셨던 가장 결정적인 이유 중 하나는 바로 자녀의 고등학교 학비 지원 때문이었다. 몇천만 원에 달하는 금액을 회사 측에서 지원해 주었다. 덕분에 나는 고등학교 선택지를 많이 쥐고 있었다. 그리고 그중 하나가 바로 지금 내 학교인 Georgetown Preparatory School이었던 것이다.

외숙모와 함께 처음으로 학교에 방문했을 때는 그 규모에 먼저 놀랐다. 대학교만큼은 아닐지라도 한국의 고등학교나 내가 다니고 있었던 사우디아라비아의 학교에 비교하면 몇 배는 더 컸다. 학교에는 골프장, 미식 축구장, 축구장, 야구장, 그리고 실내 수영장을 비롯한 여러 시설이 있었고 교실이 있는 삼 층의 건물만 세 개나 되었다. 기숙사 건물 또한 두 개가 있었는데, 그중 하나는 신입생들을 위한 건물로 본 건물에서 조금 멀리 떨어져 있는 건물이었다. 내가 학교에서 입학처장을 만나 가장 먼저 소개받은 건물이 바로 그 건물이었다. 당시는 여름방학이었기 때문에 학생들이 수업받는 모습을 볼 수는 없었지만, 교실들을 둘러보며 학교의 열정적인 학풍을 느낄 수 있었다.

오래되고 전통적인 외관과는 다르게 실내는 현대적으로 장식되어 있었다. 익숙한 초록색 칠판이 아닌 전자 칠판으로 수업을 하는 듯 보였고, 책상들은 전부 새것들이었다. 이렇게 좋은 학교였지만 처음에는 높은 합격 관문 때문에 지원이 망설여졌다. 당시에는 이 학교에 지원할 것이라고는 꿈에도 생각하지 못했다.

사실, 이 학교야말로 내게 탁월한 선택일 수밖에 없었다. 바로 5분 거리에는 외삼촌과 외숙모가 계셨고 학교 자체도 공항에서 멀리 떨어져 있지 않은 거리에 있었기 때문이다. 게다가 근처의 가장 가까운 국제공항이었던 워싱턴 덜레스 공항에는 한국의 인천 국제공항으로부터 대한 항공 직항편이 개설되어 있었기 때문에 방학 동안 한국을 오가는 것이 수월했다. 게다가 아버지 회사의 지원 덕분에 전액은 아닐지라도 학교 등록금의 대부분을 채울 수 있었다. 이보다 더 나은 선택은 있을 수 없었다.

학교를 둘러보는 것을 마치고 나자 내 꿈은 더욱 커졌다. 미국으로 감으로써 얻는 수많은 기회와 주변의 환경들, 그리고 나아가 더욱 손쉽게 얻게 될 미국 대학의 입학 기회가 탐났다. 고등학교는 미국에서 다닐 것이라는 결심은 내 마음속에 더욱 깊숙이 자리 잡았다.

한 달이라는 시간을 빠르게 흘러갔다. 어느새 7월 중순이 되어 있었고, 나는 공항에서 큰외삼촌과 외숙모의 배웅을 받으며 꼭 다시 돌아오겠다는 약속을 한 뒤 사우디아라비아로 돌아가는 비행기에 몸을 실었다. 사우디아라비아로 돌아가면 나는 8학년이 되는 것이었다. 이제는 고등학교 진학을 결정해야 할 시기였다. 그러나 지난 7학년의 경험을 볼 때 과연 내가 학교에 다시 돌아가 적응을 잘 할 수 있을지 의문이 들었다. 서둘러 적응을 해야 성적을 끌어올릴 수 있을 것이고, 그렇게 해야만 좋은 고등학교에 지원할 수 있을 것이다. 비행기 안에서 나는 학교에 잘 적응해 나갈 것을 굳은 마음으로 다짐했지만, 여전히 자신은 없었다. 어디서 이 자신감을 찾아야 할지도 몰랐고, 또

부모님께서도 스스로 적응하기 바빴기에 내 주변에는 내 자신 감을 북돋아 줄 사람도 없었다. 나는 이 모든 것을 스스로 헤쳐 나가야만 했다.

사우디아라비아로 돌아온 내게는 아직 개학까지 많은 시간이 남아 있었다. 그 시간 동안 나는 공부에 매달리기로 했다. 고등학교에 진학하기 위해서는 SSAT(Secondary School Admission Test)라는 시험을 쳐야 했다. 학교 내신 성적을 반영하고 있던 GPA 또한 중요했지만, SSAT도 학교 입학을 결정하는 큰 요소 중 하나였다. 내년에 학교에서 무엇을 배울지를 전혀 알 수 없었던 나는 학교 공부를 예습하는 대신 SSAT 시험을 준비하기로 마음먹었다. SSAT는 두 과목, 영어와 수학을 다룬다. 수학은 아직 학생이 대수학 I 수업을 수강하지 않았다는 가정하에 출제되기 때문에 내게는 수월했고 굳이 걱정할 필요는 없었다. 하지만 영어 시험은 응시자가 미국 중학생(8학년) 수준이라는 전제하에 출제되기 때문에 사전에 공부하는 것이 필수적일 수밖에 없었다. SSAT 준비를 하다 보면 필연적으로 영어 공부를 해야 했으므로 내 영어 실력 또한 극적으로 향상될 것이라 생각했다. 그렇게 사우디아라비아에 도착하자마자 무작정 아마존에서 SSAT 준비 교재들을 몇 권 주문해 시험을 준비하기 시작했다. 내게는 성적을 극적으로 끌어올리는 것이 필수였는데,

SSAT 시험은 11월에 있었고 미국 사립 기숙학교 대부분의 입학 신청 마감일은 1월 초였다. 학교가 9월에 시작하는 것을 고려한다면 내게 남은 기간은 그렇게 길지 않았다. 고작 한 학기라는 주어진 시간 안에 고등학교 입학에 내세울 무언가를 만들어 놓아야만 했다.

　Part 1부터 여기까지 읽어왔다면 아마 왜 내가 한국에서는 그토록 하지 않던 공부를 다시 하게 됐는지 의문을 품을 것이다. 이 부분에 대해선 나도 아직 합리적인 설명을 할 수 없다. 보통, 누군가가 자신의 삶에서 이러한 극적인 변화를 이루어 내기 위해서는 무언가 동기를 부여할 수단이 필요한데 이 이야기 속 내게는 아직 그 동기 부여의 수단이 전혀 없다. 미국 여행 중 외숙모의 도움으로 집 근처에 있었던 기숙 사립 학교를 방문했고 그 캠퍼스의 규모와 시설과 기회에 반해 한국에선 전혀 생각에도 없었던 공부를 시작했다고 하기에는 그 동기가 너무나 막연하다. 그렇다고 과연 내가 한국식 교육과정에는 잘 맞지 않지만 미국식 교육과정은 훨씬 수월하게 해낼 수 있는 인물이었다고 할 수 있는가? 사우디아라비아의 첫 학교에서 이룬 성과를 볼 때 '그렇다'고 확실하게 대답할 수 없다. 아직 한국을 떠난 지 채 반년도 되지 않은 내게는 확실한 동기를 부여할 수단이 없었다.

아침에 일어나면 밥 먹고 공부, 다시 밥 먹고 공부, 저녁을 먹고 나서야 휴식하는 일상이 두 달 간 계속되었다. 일주일마다 친 모의고사의 성적은 계속 올랐지만, 아직 내가 과연 실제 학교생활에서 내가 지금 공부하고 있는 것을 적용할 수 있을까 하는 의문이 들었다. 이 의문은 개학 날까지 계속 마음속에서 자라나 개학 전날 밤이 되자 걷잡을 수 없이 커져 쉽게 잠을 이루지 못하게 했다. 결국, 나는 그날 새벽 4시가 다 되어서야 잠자리에 들 수 있었다.

그날 아침 어머니께서 나를 부르는 외침 속에 나는 잠에서 깼다. 옆의 휴대 전화의 시계는 아침 8시를 알리고 있었다. 아직 몽롱한 채로 화장실로 들어가 평소처럼 샤워하려 수도꼭지를 틀었지만 물은 나오지 않았다. 이뿐만 아니라 모든 것이 평소와 달랐다. 창문 밖으로부터 햇빛은 들어오지 않고 있었고 밖으로부터 사람들이 무언가 외치는 소리가 귀에 들려왔다. 나는 서둘러 이불도 개지 않은 채로 방 문을 열고 밖으로 나가 보았다.

"규찬아, 불났다."

나는 '잘못 들었겠지'라고 생각하며 웃어넘기려 했다.

"무슨 소리예요, 엄마. 불은 무슨, 개학 날부터 말도 안 되는 소리를 하고 있어요."

그러나 다시 어머니의 심각한 표정을 보자 지금 상황이 장난이 아님을 깨달았다. 당황한 나는 대문을 열고 서둘러 밖으로 나가보았다. 복도에는 여러 사람이 모여 있었지만, 아직 연기가 복도를 메우지는 않았다. 지하로부터 비상계단을 타고 올라오는 연기가 이따금 조금씩 눈에 띄기는 했지만, 아직 크게 문제가 될 만한 불은 아니었다.

나는 다시 문을 열어 집으로 들어가 아직 자고 있던 남동생을 깨워 서둘러 옷을 입혔다. 내가 어머니께 옥상으로 올라가자고 말하자 어머니께서는 안방으로 들어가 여권 등 가장 중요한, 그야말로 생존에 있어서 필수적인 서류와 지갑을 챙겨 나오셨다. 나는 첼로를 챙겼다. 멍청하다고 생각할 수도 있지만, 당시 첼로는 내게 전부였기에 도저히 두고 나올 수 없는 가족이나 다름없었다. 다급한 상황이었지만 우리가 그 정도로 침착할 수 있었던 것은 아마 이런 상황을 겪어보지 못해 현실감을 찾을 수 없었기 때문일 것이다.

동생도 잠에서 깨고 중요한 서류를 모두 챙겨 준비를 끝낸 어머니, 동생, 그리고 나는(아버지께서는 매주 토요일 비행기를 타시고 다른 지역으로 일을 하러 가셨다. 담맘시의 아람코 컴파운드 단지 내에서 근무하시는 줄 알았지만 실은 새로운 프로젝트 진행을 위해 먼 지역에서 근무하고 계셨던 것이다) 서둘러 비상계단으로 달렸다. 밑으로부터 연기가 조금씩 올라오고 있었지만, 물에 적신 손수건으로 코와 입을 가린 채 서둘러 위로 올라갔다.

옥상에 도착하자 이미 그곳에는 많은 사람이 모여 있었다. 옥상으로부터 보이는 라디움 컴파운드는 이미 엉망진창이었다. 우리 건물을 제외한 다른 모든 건물에서는 시뻘건 화염이 새어 나오고 있었고 각 층의 창문에서는 사람들이 다급히 구조를 외치고 있었다. 가장 충격적이었던 것은 불이 가장 심하게 번졌던 건물의 3층에서 한 남자가 수영장으로 뛰어내리려는 모습을 보았을 때였다. 어릴 적 수원에서 옆 아파트의 화재 현장을 지켜본 적은 있지만, 이렇게 가까이서 두 눈으로 똑똑히 보는 것은 이번이 처음이었다. 현장은 끔찍함 그 자체였다. 사방에서 들려오는 비명과 아직도 도착하지 않아 멀리 도로에서 들려오는 소방차의 사이렌 소리는 공포감을 극대화시켰고 우리 가족을 포함해 옥상에 있던 모든 사람은 공포에 몸을 떨며 구조만을 기다리고 있었다.

한편, 다른 건물들에 살았던 한국인 친구들이 걱정되었던 나는 서둘러 그들에게 문자를 보내기 시작했다. 다행히도 문자 메시지를 전송한 지 일 분도 채 되지 않아 모두에게서 답장이 왔다. 가까운 이들의 안전을 확인한 나는 그제야 마음의 안정을 찾고 우리 가족이 구조되기만을 기다렸다.

이전에 단편적으로 설명했지만, 라디움 컴파운드는 구조상 화재 시 진압이 매우 힘든 곳이었다. 입구는 딱 두 개만 있었는데, 심지어 그중 하나는 바로 지하 주차장을 통하는 입구여서 소방차의 진입은 기대할 수 없었고, 나머지 하나 또한 여러 대의 소방차, 특히 사다리차가 들어가기에는 너무 비좁았다. 또한, 건물의 모든 사람이 들어갈 만한 크기를 가진 창문은 사각형 건물 안쪽의 수영장 쪽을 바라보게 설계되어 있어 고층의 거주민들이 창문을 통해 구조를 받는 방법은 사다리차가 수영장으로 들어오는 것을 제외하면 전혀 없었다.

건물 구조도 문제였지만 소방차도 늦게 도착했다. 내가 잠에서 깨 불이 난 것을 안 지 40분이 지나서야 소방차가 도착한 것은 확실히 문제가 있다.

다행히도 우리 가족은 화재로부터 일찍 구조된 편이었다. 소방차가 도착하자마자 가장 먼저 땅을 밟은 사람 중 하나가 우리 가족이었고 우리는 서둘러 회사에서 마련한 아람코 컴파운드 내에 있는 병원으로 가는 버스에 몸을 실었다. 화재에 직접 노출된 적이 없고 연기조차 거의 마시지 않았던 우리 가족은 몸에 별다른 이상이 없었기에 컴파운드 내에 도착하자 바로 화재 비상대책위원회 본부로 향했다. 전날 새벽 비행기를 타고 다른 지역에 가 계셨던 아버지께서도 이미 돌아오는 항공편을 마련해 우리에게 오고 계셨다.

우리가 서둘러 비상대책위원회 본부로 향한 것은 조금은 이기적인 이유이지만, 화재에 힘입어 가장 급한 불이었던 향후 주택 관련 문제를 끄기 위해서였다. 아마 회사 차원에서도 이번 사태로 보아 외부 컴파운드 업체를 믿지 못할 것이었기에 이러한 상황일수록 우리의 강력한 주장이 필요했다.

가장 나은 대안은 담맘시의 본사 컴파운드가 아닌 시내에서 1시간 정도 떨어진 지역의 해변에 있었던 라스 타누라(Ras Tanura) 컴파운드였다. 담맘시의 컴파운드는 그 수용 인원이 너무 거대해 조용한 날이 없었다. 도로는 항상 차들로 가득했고 어디에든 사람들이 너무 많아 항상 복잡했다. 그에 반해 훨씬 규모가 작았던 라스 타누라 컴파운드는 쾌적하고 조용해 마치 휴가를 온 듯한 분위기를 주는 곳이었다. 어쩌면 그곳 학교의 작은 규모 덕분에 새로운 적응의 기회를 마련할 수 있을지도 몰랐다. 희생자들에게는 너무나도 미안한 말이고 그들은 모욕하는 폭언이지만 이번 화재 사태로 인해 우리 가족이 얻은 기회는 말로 이룰 수 없을 정도로 컸다. 다시 한 번 화재 희생자들에게 안타까움과 미안함을 전한다. 부디 편안하기를.

피해를 본 임직원 수는 세 자릿수가 넘어갔다. 주택 문제를 빠른 시일 내로 해결하는 게 불가능한 것을 안 회사에서는 임시방편으로 임직원 모두가 지낼 호텔을 몇 개 내주었고 우리는 그중 리치 칼튼 호텔로 배정받았다. 그렇게 우리 가족을 포함한 다른 사람들은 모두 약 한 달 반 간을 호텔에서 지내게 되었다. 아버지와 함께 다른 지역에서 근무하던 한국인들, 즉 가족은 이곳에 있지만 본인은 다른 곳에서 프로젝트를 진행하던 사람들은 회사 측에 본사 컴파운드 또는 라스 타누라 주택 배정을 해줄 것을 강력히 촉구했고, 회사 측은 이 요구를 받아들였다.

우리 가족은 다른 한국인 가족들과 함께 라스 타누라 컴파운드 내의 새로운 주택을 배정받았다. 그 덕분에 나는 새로운 학교로 옮겨 간 지 채 한 학기도 지나지 않아 또다시 전학을 가게 되었다. 고작 몇 달간이었지만 정들었던 선생님들이 있었기에 떠나기 아쉬운 마음도 있었지만 새로운 학교에서 내게 주어지는 수많은 기회가 나를 더욱 유혹한 건 부정할 수 없는 사실이었다.

9월 말, 사태가 어느 정도 진정된 후 우리의 라스 타누라 행이 확정되었다. 차로 몇 번 호텔과 라스 타누라를 오가는 이사가 끝나자 우리 가족의 새 집은 어느새 모양새를 갖추었다. 라디움의 마치 두 개로 나뉘어 있는 것만 같았던 집은 온데간데 없었고 우리 가족에게는 진짜 '집'이라고 부를 만한 장소가 생긴 것이다.

　그렇게 이사가 끝나자 나는 다시 새로운 학교로 등교하기 위한 준비를 시작했다. 이사 다음날 바로 학교로 향했지만 내 가방은 텅 비어 있었다. 무엇을 배우는지도, 무엇이 필요한지도 모른 채 막연히 새 학교로 향했다. 다행히 학교 측은 이미 모든 준비를 마치고 내 일정표까지도 만들어 놓은 뒤 내가 오기만을 기다리고 있었다. 학교의 입학처장이자 상담사를 만나 간단히 인사를 나눈 뒤 일정표를 받아 바로 첫 교시였던 Geometry, 즉 기하학 수업으로 향했다. 교실 입구에서는 벌써 Nerd(괴짜) 느낌을 물씬 풍기는 선생님 한 분이 나를 기다리고 계셨다.

수학 선생님과 세 번째 꿈

|

'Swets'라는 특이한 이름을 가지고 있던 수학 선생님께서는 한눈에 보기에도 비상해 보였다. 서양인답지 않게 찢어진 눈은 작았지만 눈동자에서는 빛이 났고 매부리코는 날카롭기 그지없었다. 키 또한 매우 커서 그로부터 뿜어져 나오는 위압감은 무시할 수 없었다. 다행이었던 점은, 그날 교실에 처음으로 입성해 그의 위압감을 느낀 것은 나뿐만이 아니었다는 것이다.

현수는 라디움 컴파운드에 화재가 발생한 직후 사우디아라비아에 도착해 우리 한국인 무리에 합류한 친구다. 그는 대전에서 온 대전 토박이로, 그의 아버지는 카이스트 공과 대학을 졸업했고 우리 아버지와 같은 회사서 근무하던 중 스카우트 제의를 받아 사우디 아람코로 이직했다. 내가 한국에서 학교에 다닐 때도 현수의 명성은 익히 들어 알고 있었다. 대전에서 가장 공부를 잘하는 아이였던 현수는 어렸을 적부터 이과적 재능이 무척 뛰어나 한국의 여러 수학 경시 대회의 대상을 휩쓴 경력이 있었다. 그런 비상한 머리를 가진 아이가 내 친구인 데다 심지어 수학 수업까지 같이 듣는다니 나는 긴장되지 않을 수 없었다. 확실히 첫 수업부터 그가 내게 보여준 모습은 인상 깊었다. 매 수학 시간, Swets 선생님의 지시하에 우리는 정규 교육과정과 함께 Phillips Exeter Math Problem 문제집에 있는 문제를 두 장씩 풀어야 했다. 이전에 한 번 설명한 적 있지만 이 문제집을 만든 Phillips Exeter Academy는 미국에서 가장 뛰어난 학생들이 다니는 사립 기숙 학교다. 당연히 문제의 난이도는 일반적인 다른 문제집을 훨씬 웃돌았고 이따금 엄청난 창의력과 문제 이해능력을 필요로 하는 문제들이 나오기도 했다. 그럴 때마다 현수의 집을 찾아가 함께 토론하며 문제를 풀기도 했다. 현수는 그런 나를 볼 때마다 창의적으로 생각하는 방법을 알려주었고 또 그에게 문제가 있을 때는 내가 함께 해결 방법을 찾기도 했다. 그는 새로운 학교에서 내가 자신감을 찾을 수 있게 도와준 원동력이었고 대부분의 수업을 함께 들었기에 만만히 볼 수 없었던 경쟁 상대이기도 했다. 또 수학 선생님의 진두지휘 아래 함께 공학자의 꿈을 키워 나간 동반자이기도 했다.

이미 나와 현수가 기하학 교육과정의 대부분 내용을 별다른 가르침 없이 이해할 수 있다는 사실을 알고 있었던 선생님은 우리에게 따분했을지도 모르는 수업 시간에 다른 과제들을 내어 주셨다. 처음으로 파이선이라는 프로그램을 이용한 간단한 프로그래밍을 배웠고, Rhino라는 3D 공학 디자인 프로그램을 이용해 여러 기하학 도형들로 사물을 디자인해 보기도 했다. 심지어 공학 디자인에 프로그래밍 지식을 접합시켜 여러 과제를 해내기도 했다. 학기 말, 완성된 과제가 수학 교실의 벽에 액자로 걸렸을 때의 성취감은 말할 수 없었다.

한국에 있을 때 나는 내가 수학을 이렇게 좋아하리라는 생각은 해본 적도, 할 기회도 없었다. 한국 학교에서는 단순히 시험 범위를 외우고 문제를 풀기만 하지만 미국식의 자유로이 소통하고 토론하는 교육 과정을 통해 나는 새로운 분야에 흥미를 키울 수 있었다.

새로이 좇게 된 꿈은 내 학교생활에 더욱 활기를 불어 넣어주었다. 좋은 선생님과 좋은 친구이자 경쟁 상대가 항상 옆에서 나를 보조해주고 이끌어 주었기 때문에, 그리고 그들의 지지에 보답해야 했기 때문에 나는 학교 수업의 어떠한 부분도 소홀히 할 수 없었다. 그런 나의 변화한 마음가짐은 좋은 결과물을 이루어 냈다. 또한, 나 자신도 더는 이전의 사우디아라비아에 막 도착했던 전규찬이 아니었다. 반 년간 영어로만 소통하는 생활을 지속하자 의사소통은 이제는 막힘이 없었고 거기에 여름 방학 동안 했던 노력까지 함께 어우러져 훌륭한 결과물을 완성할 수 있었다.

　매일 학교에서 돌아오자마자 나는 숙제를 끝내 놓았고, 다음 날 시험이나 퀴즈가 있다면 몇 시간 동안 그 과목의 교과서만 뚫어져라 쳐다보았다. 거기에 남는 시간은 집에서 컴퓨터로 수학 선생님과 학교에서 함께 하는 프로그래밍이나 3D 공학 디자인을 공부하거나 책을 읽으며 보냈다.

　영어 시간에는 일반적인 종이 시험 대신에 특정 책을 읽고 그 책에 대한 에세이를 쓰는 활동을 했는데, 나는 8학년 일 년간 무려 30권의 책을 읽는 기염을 토했다. 태어나서 그 정도로 책을 많이 읽어본 것은 초등학교 6학년 시절 이후로는 없었다. 게다가 30권의 영어로 된 책이라니, 이전의 나라면 절대 불가능했다.

　고등학교 원서 접수가 모두 끝난 뒤 조금이나마 여유로워진 나는 30권의 영어책뿐만 아니라 다른 책들에도 관심을 가지기 시작했다. 특히, 칸트의 철학과 윤리 사상을 담은 책이었던 『순수이성비판』과 『실천이성비판』, 루소의 『사회계약론』, 마키아벨리의 『군주론』 그리고 애덤 스미스의 『국부론』은 사회를 바라보는 다른 시각을 깨워주었다. 마치 중학교 1학년 때 병원에 입원해 있었을 당시 내가 뉴스를 보며 사회를 바라보는 시각을 키운 것과 같이 이들의 저서는 나를 거기에서 한 걸음 더 발전시켜 주었다. 그 덕분에 지금의 내가 있게 됐다. 당시 나의 꿈은 여전히 공학자였지만, 이들의 저서는 마음속에 항상 존재했던 '정치인'의 꿈을 조금 더 크게 만들어주었다.

그해 내가 일구어낸 다른 것은 내 인생의 또 다른 절반이었던 첼로에 관한 것인데, 바로 University College London에서 발급한 자격증을 딴 것이었다. 사우디아라비아에서는 첼로를 연주할 수 없을 것으로 생각했던 내 예상을 완벽히 빗겨나가는 일이었다. 이 자격증을 위해 나는 매주 토요일 사우디아라비아로부터 바레인을 왕복하는 일상을 반복해야만 했다. 이는 내 부모님, 특히 아버지께서 나를 전폭적으로 지원해주신 덕분에 가능했다. 내 가능성을 일찍이 알아보셨고 그것을 더욱 성장하게 해주고 싶으셨던 아버지께서는 내게 자격증을 따라 권유하셨고, 덕분에 나는 매주 주말마다 자격증을 따기 위한 레슨을 받을 수 있었다. 부모님의 그러한 지지 덕분에 나는 자격증을 따냈고, 이는 내 장래를 더욱 밝게 만들어 줄 것이 분명했다. 무려 일 년 만에 인생이 바뀌었고, 나는 내 그러한 극적인 변화에 스스로 놀랐다. 스스로 나 자신이 커다란 가능성을 품고 있는 인간임을 증명한 것이다. 그해, 나는 초등학교 졸업 이후로 잃어버렸던 자신감을 완전히 되찾았다. 그야말로 내 인생에 다시 한 번 찾아온 전성기였다.

영어 수업과 수학 수업을 포함한 다른 모든 과정을 우수한 성적으로 끝마친 나는 NJHS(National Junior Honor Society, 고등학교의 NHS로 이어짐)라는 단체에 가입할 수 있었고 표창장 수여식 때 수학 선생님과 영어 선생님을 포함한 학교 선생님들의 축하를 받으며 학기를 마칠 수 있었다. 모든 노력의 결과물이 쌓여 그해 나는 태어나 처음으로 사우디아라비아의 국제 학교에서 만점 (GPA 4.0)의 성적을 받아냈다. 자신감과 가능성으로 무장한 나는 이제 새로운 고등학교에서 맞이할 9학년만을 앞두고 있었다.

그해 진학할 고등학교가 결정되고 마음이 한결 놓인 나는 학업에서 잠시 눈을 돌려 새로운 도전과 경험을 하기 위한 출발점을 찾았다. 남들은 해보지 못한 무언가를 하나 해보고 싶었다. 스쿠버 다이빙은 어떨까? 아쉽게도, 동남아시아로 여행갈 때마다 했던 것이다. 심지어는 다이버 자격증까지 있어 스쿠버 다이빙은 내게 있어 새로운 경험이 될 수 없었다. '그렇다면 스카이 다이빙은 괜찮지 않을까?'라는 생각도 해보았지만, 사실 스카이 다이빙은 조금 겁이 났다.

내가 할 만한 새로운 경험을 찾던 와중 '히말라야'라는 황정민 주연의 영화를 보게 되었다. 제목 그대로 히말라야 등반 실화를 바탕으로 한 영화였다. 한국 산악인의 전설인 엄홍길 대장의 히말라야 원정기가 주 내용이다. 그 영화를 보고 내 머릿속에 무언가가 스쳐가듯 떠올랐다.

'히말라야를 등정해보자.'

당시 한국 나이로 16살밖에 되지 않았던 내게 히말라야 산맥의 어떤 산이든 정상까지 등정하는 것은 사실 무리일 수밖에 없었다. 하지만, 그 높은 히말라야에도 내가 할 수 있는 것이 하나 있었는데, 바로 히말라야의 '베이스캠프'까지 등정(등정이라기보단 트레킹)하는 것이었다. 당시 사람들이 가장 많이 선택했던 트레킹 코스는 두가지였다. 하나는 에베레스트 베이스캠프였고, 나머지 하나는 안나푸르나 베이스캠프였다. 에베레스트 산은 세계에서 가장 높은 산이자 가장 유명한 산이었기에, 그 산의 베이스캠프로의 트레킹은 세계의 히말라야 트레킹을 원하는 사람들이 가장 많이 선택하는 길이었다. 하지만 나는 '남들이 다 하는 것'보다는 '남들이 잘 하지 않는 것'이 더 해보고 싶었다. 그렇게 안나푸르나 베이스캠프 트레킹을 결정했다(나중에 알게 된 사실이지만 사실 안나푸르나 베이스캠프 트레킹 또한 많은 사람들이, 특히 한국인들이 찾는 코스였다).

4월, 현수를 포함한 사우디아라비아에 함께 있었던 한국인 친구들 몇명과 함께 네팔로 향하는 비행기에 올랐다. 네팔의 수도인 카트만두에 도착하자, 나는 마치 인도에 갔을 때와 비슷한 분위기가 풍기는 것을 느낄 수 있었다. 도로는 정비되지 않았지만 사람들로 붐볐고 차보다 오토바이가 더 많았다. 덕분에 공기를 마시는 것이 너무 힘겹기도 했다. 히말라야 산맥이 있기에 매우 깨끗한 공기를 가졌을 것이라는 예상과는 정 반대인 네팔 수도의 모습이었다.

그곳에서 다시 비행기를 타고 안나푸르나 트레킹의 시작점인 포카라로 향했다. 포카라에 도착하자 이미 사전에 고용한 '포터'들이 우리를 기다리고 있었다.

포카라에서 출발을 기다리고 있던 중 찍은 사진

포터는 다시 말하면 짐꾼이다. 그러나 단순히 짐꾼의 역할만 하는 것은 아니고, 지역에 살며 오랜 시간동안 등산을 해온 현지인이기 때문에 트레킹의 길잡이 역할도 하는 중요한 존재였다. 총 5명의 포터와 함께 여정을 시작했는데, 그중 포터 대장 역할을 하던 사람은 놀랍게도 엄홍길 대장과 함께 등반을 한 경험이 있던 사람이었다. 그런 경험이 있는 사람과 함께였다는 사실은 트레킹에 앞서 초조하기도 했던 내게 큰 위안을 주었다.

안나푸르나 베이스캠프(Annapurna Basecamp, ABC)는 해발 4,130m에 자리해 있고, 한반도에서 가장 높다는 백두산보다도 높다. 태어나서 등산이라고는 등산을 좋아하는 아버지를 따라 지리산이나 한라산을 몇 번 따라간 것이 전부였던 나는 과연 내가 안나푸르나 베이스캠프까지 무사히 도착할 수 있을까 지레 겁이 났다.

첫날에만 무려 15㎞에 달하는 등산로를 걸었다.

첫째날 트레킹 중 찍은 사진.
잠깐 쉬려고 하면 그새 포터가 출발을 외치며 쉬는 것을 막는다.

오후 4시쯤 되어 일정을 마치자 피곤에 지쳐 저녁도 먹지 못한 채로 텐트 안에 뛰어들었다. 뛰어들어 바닥에 눕자 곧바로 잠에 빠져들었다. 이것은 나에게 큰 실수였고, 다음날 곧 독이 되어 내게 다시 찾아왔다. 다음날 점심때 즈음부터 내리기 시작한 비는 그칠 생각을 하지 않았고, 결국 내 옷과 가방은 전부 젖어버렸다. 고어텍스 제질의 외투였지만 비를 막는 것에는 한계가 있었다. 결국 폭우를 견디지 못하고 옷 안으로 물이 스며들어 몸의 온도를 낮추었다. 약 20㎞를 걸어 피곤과 추위에 지친 나는 결국 다음날 몸살에 걸려버렸다.

그러나 나 혼자만 온 여행이 아니였으므로 꼭 완주해야만 했다. 앞으로 목적지까지 도달하려면 4일이 남아 있었기에 나는 이를 꽉 깨물고 버티며 계속 앞으로 나가기로 결심했다. 그렇게 4일 간 고통 속에서의 긴 행군 끝에 결국 4,130m의 고도를 가진 베이스 캠프에 도착했다(하나 안타까운 것은, 베이스 캠프에 도착했을 당시 가져왔던 보조 배터리를 모두 사용해버려 사진을 찍지 못했다는 것이다). 나와 내 친구들은 그동안의 고통이 싹 가시는 듯한 느낌을 받았다. 포카라에서 시작한 무려 120㎞ 가까이 되는 트레킹을 거쳐 왔기에 정상에 온 것 같은 감동을 느끼지 않을 수 없었다. 주변에는 안나푸르나 정상을 등반하기 위해 준비하는 산악인들이 가득했으며, 한국 깃발을 단 텐트도 몇몇 눈에 띄었다. 멀리 보이는 안나푸르나 제1봉의 모습은 장엄하기 그지없었고, 사진으로만 보았던 그 모습을 직접 눈으로 보니 감격의 눈물을 흘리지 않을 수 없었다. 내 도전 성공에 기뻐하실 부모님의 얼굴이 머릿속에서 아른거렸다. 그날 나는 베이스캠프의 텐트 안에 누워 생각했다.

'다음번에는 정상이다.'

다음날, 그렇게 다음번에는 정상을 목표로 돌아오길 기원하며 다시 한 번 제 1봉의 장엄한 모습을 돌아본 뒤 하산했다.

이 도전의 성공으로 나는 남들은 할 수 없는 경험을 내 인생에 하나 더 추가했고, 또 무엇이든 할 수 있다는 자신감을 얻었다. 4월의 네팔에서 보낸 값진 시간은 내 앞으로의 인생을 더 빛나게 만들어 줄 것이 분명했다.

하산하는 중 찍은 사진들. 앞에 보이는 설산이 눈에 띈다.
제1봉이나 제2봉은 아니지만 그래도 만년설이 내려앉아 있는 것으로 보아
꽤 높을 것이다.

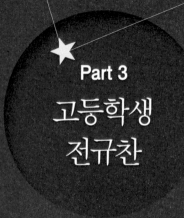

Part 3
고등학생
전규찬

고등학교 선택

11월 SSAT 시험이 끝나자 8학년이었던 내게는 고등학교 입시가 코앞으로 다가왔다. 이미 현수와 수학 선생님의 영향으로 인해 나는 공학자의 꿈을 가지고 있었고 그 꿈을 이루기 위해선 좋은 대학교에 가는 게 필수였다. 당시 내 꿈의 대학은 여전히 하버드 대학교였지만 그것보다 나는 미국의 공과 대학이 더 가고 싶었다. 한국의 대학들이 아무리 좋아졌다 해도, 카이스트 공과 대학이나 서울대학교 공과 대학을 미국의 그것과 비교할 수는 없는 노릇이었다. 미국 대학교에 입학 원서라도 내밀어 보기 위해서는 좋은 고등학교, 특히 기숙 사립학교로의 진학이 필수적이었다.

미국식 교육은 한국과는 많이 다름이 틀림없다. 그러나 고등학교 입시나 대학교 입시는 사실 한국과 별다를 것이 없는 듯하기도 하다. 한국의 경우에는 고등학교 평준화 정책 덕분에 중학교를 갓 졸업한 아이들을 성적순으로 줄 세우지는 않는다. 최근 도입된 특성화 고등학교나 자율형 사립 고등학교 등과 같은 시설들 때문에 다시 성적이 우수한 아이들을 따로 분류하려는 움직임이 보이기는 하나, 고등학교 입시 시험 따위는 존재하지 않기 때문에, 그리고 대학 입시 과정에서의 차별이 전혀 없기 때문에 학생들은 마음만 먹으면 촌구석의 고등학교에서도 서울 대학교에 원서를 넣어볼 수 있다(물론 고등학교 수업의 질은 다를 수도 있다). 그러나, 미국의 고등학교 입시교육은 상위권 아이들과 하위권 아이들을 철저히 분리한다.

　전에 설명한 SSAT라는 고등학교 입학시험은 9학년에 기숙 사립학교로 진학을 원하는 학생이라면 꼭 쳐야 하는 시험이다. 그러나 단순히 이 입학시험의 결과로만 고등학교가 결정되지는 않는다. 중학교 때의 성적과 함께 자신만의 과외 활동을 원서에 함께 작성해 제출해야 하며 에세이도 필요하다. 심지어 봉사 활동을 요구하는 학교 또한 존재한다. 고등학교 때부터 여러 방면으로 뛰어난 인재를 원하는 미국식 교육에서 성적이 받쳐주지 못하거나 과외 활동이 없는 아이는 고등학교 때부터 성공의 가도에서 내리막길을 걸을 수밖에 없는 것이다.

　공립 고등학교는 비용 걱정을 하지 않아도 되지만, 자녀를 기숙 사립학교에 보내려는 부모는 상류층이 아닌 이상 엄청난 학비에 부담을 가질 수밖에 없게 된다. 내가 지금 다니는 Georgetown Preparatory School의 2016년 한 해 학비는 $56,

665, 한화로 약 6천만 원 정도 하는 큰돈이다. 미국의 고등학교 입시에서 가난한 사람들의 자녀는 아무리 공부를 잘 해도 균등한 가르침의 기회를 누릴 수 없다. 그렇다면 공립 고등학교에서 좋은 대학교로 원서를 내면 되는 것이 아닌가? 물론 가능하지만, 원서의 질은 사립 기숙학교에 비교하면 몇 배 이상 차이가 날 것이다. 적게는 수 개에서 많게는 수십 개의 AP 수업으로 도배된 사립 기숙학교의 학생과 AP 수업은 제공하지도 않는 공립 고등학교 학생의 원서는 분명한 차이가 있을 것이다.

게다가 미국의 프린스턴 대학교와 같은 일부 사립대학교는 출신 고등학교에 따라 파벌이 나뉘어 같은 파벌 내에서 정보를 공유하고 인맥을 쌓는다. 결국, 상위권 학생과 하위권 학생은 격차가 벌어질 수밖에 없게 된다.

고등학교 때부터 이런 입시의 현실을 마주해야 하는 미국의 고등학생들은 어쩌면 한국보다 더 치열한 경쟁 사회에서 사는 것일지도 모른다.

연말이었지만 나는 쉴 틈 없이 학교 진학 상담사와 함께 지원할 학교를 선택하는 데 바빴다. 내 성적과 과외 활동으로는 사실 미국의 Phillips Exeter Academy에 지원서를 넣어볼 수도 있었지만 문제가 하나 있었다. 바로 토플(TOEFL) 성적이었다. 한국에서 잠시 준비를 한 적이 있는 시험이었지만 이미 시간이 많이 흘렀고 다시 시험공부를 해 좋은 성적을 만들기는 시간이 턱없이 부족했다. Phillips Exeter Academy를 포함한 대부분 학교는 만점에 가까운 토플 성적을 요구했고 내게 그것을 이루어 내는 것은 도저히 불가능했다. 단 하나, 오직 Georgetown Preparatory School만이 토플 고득점을 요구하지 않았고, 내가 가고 싶어 하는 학교 중 하나였기 때문에 바로 원서를 내기로 했다. 돌아오는 주에 토플 시험을 끝내고 입학 원서를 내는 길고도 험난한 과정을 시작했다. 학교 성적을 포함해 중학교 2개 과목, 수학과 영어 선생님의 추천서, 상담사의 추천서, 토플 성적과 SSAT 성적을 제출해야 했고 과외 활동(Extracurricular), 즉 잘하는 운동이나 취미 활동 서류 또한 빠짐없이 제출해야 했다.

나와 아버지는 추가로 한 가지를 더 작성해야 했는데, 바로 입학 에세이였다. 에세이는 내 꿈을 주제로 삼았고 나는 그것을 보자마자 막힘없이 머릿속에 생각나는 것들을 그대로 적어 내려갔다. 500자 안으로 내가 말하고 싶은 내용을 전부 적어서 제출해야 했고, 나는 30분 만에 그 모든 내용을 끝마쳐 홀가분한 마음으로 수정 없이 바로 제출했다. 지금 생각해보면 정말 바보 같은 행동이지만, 다행히 내 꿈을 담아낸 종이가 입학 사정관의 심금을 울렸는지 내가 쓴 에세이는 입학 결과에 있어서 좋은 평가를 받았다. 아버지 또한 내 장점을 최대한 반영한 에세이를 작성해 학교 측에 제출하셨고, 이제 내게 남은 것은 인터뷰밖에 없었다.

인터뷰는 두 가지 방법으로 할 수 있었다. 미국으로 가 직접 학교를 방문하거나 혹은 스카이프(화상 통화)를 통하는 것이었다. 방학이 아니었고 사우디아라비아에 있어서 직접 가는 것이 여의치 않았던 나로서는 스카이프밖에 선택권이 없었다. 결국 스카이프를 통해 인터뷰 날짜를 잡았고 12월 17일 인터뷰 당일 나는 입학 사정관으로부터 걸려온 전화를 받았다. 여러 가지 질문을 받을 줄만 알고 있었던 나는 그가 많은 질문을 하지 않자 당황했다. 그와 나는 내 에세이와 성적에 대한 얘기를 나누었고, 그는 내가 쓴 특기에 관해서 묻기도 했다. 그가 첼로를 언급하자 나는 곧바로 방 뒤에 있던 첼로를 보여주며 컴퓨터 앞으로 가져와 즉흥 연주를 시작했다. 연주를 마치자 그는 연신 "브라보!"를 외쳤고, 내 성적과 에세이, 그리고 충분한 양의 과외 활동으로 보아 "좋은 결과를 기대해도 좋을 것"이라는 말과 함께 인터뷰를 끝마쳤다.

이제 남은 것은 기다림뿐이었다. 혹시 몰라 Georgetown Preparatory School뿐만 아니라 현수가 지원한 Cranbrook School 등과 같은 다른 학교에도 서류를 내긴 했지만, 이 학교

만큼 내 모든 열정을 쏟아 부어 원서를 작성하진 않았다. 나는 Georgetown Preparatory School에 내는 원서에 모든 것을 걸었고, 만약 합격하게 된다면 내 미래가 바뀌리라 확신했다. 한 달 간의 고통스러운 기다림이 계속되었다. 합격은 2월 27일 발표되었고, 그 전날 밤 나는 잠을 이룰 수 없었다. 미국과 사우디아라비아의 시차 때문에 그날 새벽 두 시경 결과가 발표되었는데, 결국 나는 뜬 눈으로 결과를 기다리기로 했다. 부모님은 주무시러 안방으로 들어가신 지 오래였고 오직 나만이 컴퓨터 앞의 의자에 앉아 모니터를 뚫어져라 쳐다보고 있었다. 시계는 1시 반을 가리키고 있었고, 시계의 초침 소리는 나를 더욱 초조하게 만들었다. 휴대 전화에 미리 설정해 둔 두 시를 알리는 알람이 울리자마자 나는 빛의 속도로 결과를 알려주는 누리집으로 접속했다. 쟁쟁한 경쟁자들이 많았기에 큰 기대를 하는 것은 무리였지만 나는 이 학교의 입학 원서에 가진 모든 것을 쏟아부었기 때문에 간절했다. 그리고, 드디어 입학 소식을 알려주는 누리집이 그 모습을 드러냈다.

'Enrolled.'

누리집에는 이 한 단어만 덩그러니 적혀 있었다. 정확한 뜻을 알지 못했던 나는 마우스 스크롤을 밑으로 내려보았다. 밑에는 입학을 확실히 결정하면 일정 금액을 학교 측으로 송금하라는 영문이 적혀 있었고, 나는 그 글을 보자마자 곧바로 큰 방으로 뛰어갔다.

"엄마, 아빠!"

소리치며 부모님을 깨우자 어머니와 아버지께서는 두 분 다 놀라신 눈으로 나를 쳐다보셨다. 하지만 내 얼굴에 웃음이 귀까지 걸린 것을 보곤 두 분의 얼굴에도 나와 같은 미소가 번졌다. 합격의 기쁨은 이루 말할 수 없었다. 그동안 노력했던 모든 것들, 그동안 부모님께서 희생하신 시간, 그리고 감수했던 모든 육체적, 정신적 고통이 한순간에 마음속에서 비워졌다. 이때까지 나와 부모님이 함께 흘린 땀은 기쁨의 눈물로 바뀌어 우리 눈을 적셨고 내가 써온 에세이와 숙제들은 모두 흐르는 눈물에 씻겨져 내려가 환희로 바뀌었다. 태어나서 처음 겪는 환희의 기쁨이었다. 콩쿠르에서 금상을 받았을 때도, 새 컴퓨터를 샀을 때도, UCL에서 첼로 자격증을 땄을 때도 이런 기쁨은 느끼지 못했다.

기대하고 계실 한국의 외할아버지와 외할머니께도 곧바로 전화 드렸다. 그리고 미국에서 내가 합격하기만을 손꼽아 기다리고 계실 외삼촌과 외숙모께도 서둘러 연락을 드렸다. 그날, 우리 가족은 모두 함께 기쁨의 눈물을 흘렸다. 모두가 내가, 우리가 얼마나 그동안 얼마나 노력했는지 알았다. 모두가 내가 일

년 만에 이루어 낸 변화가 언젠간 성과를 이루어 낼 것이라고 굳게 믿고 있었다. 모두가 내 곁에서 나를 응원했고, 수학 선생님도, 현수도, 한국에 있던 친구들과 가족들, 친척들도 모두 다 함께 나를 응원했다.

나는 드디어 부모님 앞에서 당당한 아들이 될 수 있었다. 태어나서 처음이었다. 이런 느낌. 항상 부모님께 도움만 받아왔던 내가 나로 인해 부모님이 기쁨의 눈물을 흘리는 모습을 본 것이다. 그때의 기쁨은 내가 학교로부터 합격 소식을 받았을 때의 그것보다 훨씬 컸다.

Georgetown Preparatory School

이제 막 1년 반이 넘어간 이 학교에서의 생활은 내 꿈과 남은 삶에 엄청난 영향을 끼치는 요소가 될 것이다. 내가 항상 중요히 여기는 것들, 즉 새로운 사람들을 만나고 새로운 학문을 배우는 데 이 학교는 매우 중요한 구실을 하고 있다. 앞으로 대학 선택의 과정에서도 중요한 역할을 할 학교이기 때문에 과장을 조금 보태서 말하자면 지금까지 내 삶의 절반 이상을 차지한다. Georgetown Preparatory School의 이야기는 현재 진행형이며 글을 쓰기 시작한 2017년 10월 이후의 이야기도 함께 다룬다. 특히 이 이야기는 시간 순서대로 다루기보다는 중요한 사건들과 내 주변 사람들을 다루는 이야기들을 위주로 하려고 한다.

"F만 받지 말아라."

아버지께서 기숙사 입성 첫날에 남기신 말씀이었다. 내게 거신 기대가 크셨겠지만 기대가 큰 만큼 실망도 클 것이기에 설령 결과가 좋지 않더라도 너무 실망하지 말라는 의미에서 하신 말씀일 것이다. 당연한 말씀이다. 쟁쟁한 경쟁자들, 전 세계의 똑똑한 아이들이 많이 합격했을 텐데 그들과의 경쟁에서 지더라도 실망해서는 안 될 것이었다. 나는 그렇게 마음을 굳게 다진 뒤 드디어 학교로 들어갔다.

학교에 처음 도착했을 당시 찍은 사진들이다.
따뜻한 여름의 햇살이 비추는 교정의 모습은 아름답기 그지없다.

기숙사 본 건물의 로비에서 열쇠와 시간표를 받아 신입생 기숙사로 걸어갔다. 기숙사에 도착해 문을 열고 한 층을 더 올라가 내 방을 찾았다.

'Kyuchan Jeon, Tony Zhai.'

방 문에는 내 이름과 내 룸메이트의 이름이 나란히 쓰여 있었다. 이미 미국에 도착하기 전 여름 방학 동안 내 룸메이트가 될 친구의 이메일을 학교로부터 전달받아 간간이 연락을 주고받기는 했지만, 그의 얼굴을 실제로 본 적은 한 번도 없었다. 방 문을 열고 짐을 풀려는 순간, 등 뒤로부터 중국어로 떠드는 소리가 들렸다. 중국어로 대화하는 소리와 발소리는 점점 내게 다가왔고 방 문 앞에서 서자 곧 멈추었다. 토니임이 분명했다. 뒤돌아보자 내 눈에 보인 것은 172㎝ 정도 되어 보이는 초록색 뿔테 안경의 중국인 아이였다.

"Hi, Kyuchan!"

토니가 내게 건넨 첫 마디였다.

토니의 첫인상은 특이할 것이 없었다. 다른 중국인들처럼 까까머리에 안경을 끼고 그다지 크다고 말할 수 없는 체격이었다. 테니스 라켓을 들고 온 것으로 보아 테니스를 꽤 오래 친 듯 보였고 그가 가져온 책들과 미리 사 놓은 교과서를 보자 공부도 상당히 잘한다는 것이 눈에 보였다.

처음 며칠 간은 그에게 말을 거는 일이 거의 없었다. 오직 밤에 자기 전 취침 점호 때만 간단한 안부를 묻고 대화를 했기 때문에 내가 그에 대해서 아는 것도, 그가 나에 대해서 아는 것도 별로 없었다. 중국에서 온 아이들은 그들끼리만 어울렸기 때문에 앞으로도 그와 말을 섞을 일은 거의 없을 것만 같았다.

그러나 시간이 차츰 지나가자 서로 간의 벽은 허물어졌고, 지금 그와 나는 가장 친한 친구가 되어 있다. 토니는 한국어와 한국 사회에 관심이 많았고, 나 또한 중국어를 어느 정도 구사했기 때문에 우리는 빠르게 친해질 수 있었다. 그렇게 친해지게 된 토니는 절대 평범한 아이가 아니었다. 그의 삶은 소름 끼칠

정도로 규칙적이었다.

　주말을 제외하고 매일 나의 휴대 전화에서 울리는 알람 소리를 들으며 자신의 2층 침대에서 일어나 방바닥으로 뛰어내린다. 알람 소리에도 아무 반응 없이 자는 나를 때리듯이 깨워 함께 화장실로 간다. 세수와 양치를 마치고 7시 30분까지 교복으로 갈아입는다. 함께 가방을 메고 7시 45분까지 아침을 먹으러 식당인 South Room으로 간다. 함께 맛없는 아침 식사를 비판하며 식사를 마친다. 8시 15분에 첫 수업을 시작해 2시 46분에 마지막 수업이 끝나면 기숙사로 돌아온다. 기숙사로 돌아온 토니는 3시 10분경 화장실로 향해 약 20분 간 화장실을 이용한 뒤 다시 방으로 돌아와 휴대 전화나 컴퓨터로 게임을 한다. 그리고 4시가 되면 운동을 하러 나간다. 운동하지 않는 날에는 4시 반에 캠퍼스를 두 바퀴 뛰고 돌아온다. 운동을 마치고 돌아온 토니는 항상 1시간 낮잠을 취하며, 낮잠 후 6시 반에는 나와 함께 저녁을 먹으러 다시 South Room으로 향한다. 저녁을 먹고 난 뒤, 7시 반부터 9시 반까지 야간 자습을 한 뒤 10시 15분에 부모님께 전화를 드린다. 그리고 10시 30분에 샤워한 뒤 10시 50분에는 다시 자신의 2층 침대로 올라가 이불 속으로 뛰어든다.

　주말을 제외하면 토니가 이런 규칙적인 일상을 깬 날은 없다.

심지어 주말에도 비슷하게 사니 9학년을 마칠 때 즈음 정말 로봇이 아닌가 하는 의심이 들기도 했다.

그의 식단 또한 매우 특이했다. 저녁으로 채소가 나오지 않는 날이면 주말에 근처의 식료품 가게에서 사 온 브로콜리와 옥수수를 삶아 먹거나 당근을 생으로 씹어 먹기도 한다. 매일 과일을 한 상자씩 먹으며, 항상 빼놓지 않고 자기 전 요구르트를 한 컵씩 먹는다. 식습관과 규칙적인 일상 덕분에 그는 항상 건강을 유지했고, 내가 감기에 걸려 침대에 누워 있을 때 그는 밖에서 캠퍼스를 몇 바퀴나 돌았다. 이전에 '마음의 평화'에 대해서 다룬 적이 있지 않은가? 그의 생활 습관을 볼 때, 토니는 그 평화를 쉽게 찾을 수 있을 듯 보였다.

또한 첫인상에도 느껴졌듯이 토니는 공부를 매우 잘하는 아이였다. 머리가 '매우' 좋다고 할 수 있는 아이는 아니었지만 매일 숙제를 빼놓지 않고 했고 항상 배운 것을 복습하고 시험에 앞서 예습했다. 덕분에 그는 사우디아라비아에 있던 시절의 현수처럼 나의 훌륭한 경쟁 상대가 되었다. 나는 토니에게서 배울 것이 많았고, 그 또한 나에게서 많은 것을 배워갔다. 10학년이 되어 서로 독방을 쓰게 되었지만 매일 두 번 이상 서로에게 왕래하며 장난을 치고 서로 모르는 부분이 있으며 돕기도 하며 함께 공부한다.

학교 기숙사의 첫날밤은 생각보다 아무런 문제 없이 흘렀다. 부모님과 떨어져 자는 첫날밤이었지만 부모님이 그립다는 생각은 거의 들지 않았고 집과 내 킹사이즈 침대가 그립지도 않았다. 초등학교 6학년 때 필리핀으로 1개월 간 어학연수를 다녀왔을 당시의 나는 첫 이 주 동안 매일 밤 부모님과 집이 그리워 울었지만, 지금의 나는 그때의 전규찬과 사뭇 달랐다. 어쩌면 내가 진정으로 바랐던 것은 부모님으로부터 해방된 이러한 자유였을지도 모른다. 날이 갈수록 커질 줄만 알았던 그리움은 오히려 사라졌고 학교생활이 바빠지자 점점 그리움과 같은 감정들은 사치가 되었다.

고등학교에는 중학교 때 접하지 못했던 다른 흥미로운 과목들이 많이 있었다.

그중 첫 번째는 수학이었다. 나는 8학년 때 이미 기하학 수업을 수강했기 때문에 9학년의 나는 AP Calculus AB(AP 미적분학 AB)보다 단 한 단계 낮은 수업인 Algebra III/Trigonometry(대수학 III/삼각함수)를 수강할 수 있었다. 9학년이 되자 드디어 한국에서 접하지 못했던 것들을 배울 수 있었던 것이다. 한국에서 사우디아라비아로 향했을 때 준비했던 미적분과는 또 다른 것들을 배웠다. 지수함수, 로그함수, 자연 상수, 그리고 삼각함수 등등……. 새롭고 흥미로운 내용이 너무나도 많았고 내 뇌는 수학으로 넘쳐흐르는 것만 같았다.

다음은 생물이었다. 중학교 시절 이미 생물학의 기초적인 내용들은 배웠지만, 깊게 파고들지는 않았다. 고등학교의 생물은 중학교 때 배운 내용과 더불어 그것에 더 상세한 내용을 추가한다. 얼핏 들으면 흥미로운 과목일 것 같으나, 지금 내가 수강하는 화학에 비하면 생물은 너무나도 재미없는 과목이었다. 광합성, 세포 호흡, 감수 분열, 세포 구조……. 너무나도 외울 것이 많아 외우는 것을 즐기지 않았던 나로서는 정말로 정이 가지 않는 과목이었다.

영어와 스페인어는 평범하기 그지 없었다. 스페인어 시간은 대부분은 중학교 때 배운 내용을 복습하는 것으로 보냈고, 영어 시간에는 단어를 암기하거나 영어 지문 독해와 문법을 공부했다. 사회 과목(American Studies) 또한 사실상 중학교 때 배운 내용을 복습하는 과정의 반복이었다. 한국에 있었던 초등학교 시절부터 이미 꾸준히 미국이란 나라에 대해 접했던 나로서는 9학년의 사회 시간에 배우는 내용들이 너무나도 쉬웠다. 흥미로웠던 것들은 판례들을 몇가지 배우는 것 정도뿐이었을 정도로 지루한 과목이기도 했다(그러나 언제나 그랬듯이 점수는 좋았다).

가장 흥미로웠던 과목이라고 할 수 있었던 종교 수업시간에는 우리 학교 재단이었던 예수회(서강대학교의 재단이기도 하다)의 역사와 구약성서를 주로 다뤘다(복음서, 즉 신약성서는 2학년 때 다룬다). 사실, 어릴적부터 교회를 다녔던 나에게는 구약성서의 이야기들 또한 이미 모두 아는 내용이었지만, 여러가지 관점에서 해석할 수 있다는 것이 내 흥미를 돋웠다. 게다가 종교 선생님이 수업을 너무나도 재밌게 하셨고, 단순히 시험으로 성적을 평가하는 것이 아닌 동영상 제작이나 프레젠테이션 발표와 같은 프로젝트들로 성적을 평가했기 때문에 더욱 열심히 수업에 참여할 수 있었던 것 같다.

1학기 중간 점검이 있던 날 처음으로 내 성적을 본 난 기분이 썩 좋지 않았다. 다른 과목은 전부 A였지만, 오직 수학만이 89점으로 B였던 것이다. 충격받은 나(사실 충격받을 점수는 아니지만……)는 악착같이 수학에만 매달려 다시 A로 원상복구해 놓았지만, 나는 수학적 자신감을 잃어버리고 말았다. 중학교에서는 수학을 곧잘 하고, 내 든든한 아군이었던 수학 과목 담당의 Swets 선생님이 있었기 때문에 수학 시간에는 항상 좋은 점수를 낼 수 있었다. 그러나 처음으로 내 수학 능력에 한계를 깨닫자 내가 중학교 때부터 수학 시간에 쌓아온 모든 꿈과 희망이 무너져 내린 듯했다.

수학에 자신감을 잃어버린 나는 결국 공학자의 꿈을 접기에 이르렀다. 대신 학교에서의 과외 활동에서 새로운 꿈을 찾았는

데, 아이러니한 사실은 그 과외 활동을 담당하는 선생님이 내 당시 수학 선생님이었다는 것이다. 내 수학 선생님이었던 Gigot 은 조지타운 대학 로스쿨 수석(Cum Laude) 졸업의 이미 은퇴한 변호사였다. 변호사 시절에는 미국에서 손을 꼽을 정도의 실력 자였고 그 경력을 살려 지금은 학교에서 토론 동아리를 이끌었 다.

한국에서부터 법과 토론에 관심이 많았던 나는 고등학교에서 도 토론을 계속해 나가고 싶은 마음과 더불어 수학 선생님께 잘 보이고 싶은 마음에 토론 동아리에 지원했다. Lincoln-Douglas라는 일명 'LD' 토론 방식을 채택한 동아리였는데, 이 는 일 대 일 토론으로서 토론자 개인의 지식과 언변의 중요성이 더욱 두드러지는 방식이었다. '내가 과연 영어로만 하는 토론을 잘 해낼 수 있을까?'라는 의구심을 가지고 시작한 토론 동아리 였지만, 첫 주 대회에서 상을 타낸 뒤로 그 의구심은 내 머릿속 에서 지워졌다.

첫 대회에서 상 탄 것을 계기로 나는 동아리 활동에 더욱 박 차를 가했다. 토론 대회를 통해 여러 사회 문제와 윤리 사상을 배우고 또 언변을 키우자 어릴 적부터 꿈꾸어 왔던 정치인, 전 (쇼) 가의 두 번째 정치인을 향한 내 야망이 되살아났다. 이 꿈 은 우리 학교 동문인 닐 고서치가 트럼프 행정부에서 앤터닌

스캘리아를 대신할 대법관으로서 임명되자 폭발했고 나는 정치인으로서의 삶을 최종 목표로 하고, 그 첫걸음으로 로스쿨을 가기로 마음먹었다. 이미 9학년인 나는 이제 선택을 바꿀 수 없었다. 그리고, 더 기다릴 수도 없는 노릇이었기에 나는 이제 모든 노력과 시간을 이 분야에 투자하기로 했다.

과외 활동과 진로 관련 활동도 중요하지만 가장 중요한 것은 학교 성적, 즉 GPA이다. 아무리 뛰어난 과외 활동을 원서에 적어 낼 수 있어도 고등학교 성적이 좋지 않다면 아무런 소용이 없다. 중학교와는 아주 다른 바쁜 일상의 연속이었다. 매일 일곱 개의 서로 다른 수업을 들어야 했고, 매일 한 과목씩 돌아가며 시험을 치렀다. 미국식 교육 과정의 장점이자 단점이라 꼽을 수 있는 정기 시험은 벼락치기와 같은 공부법을 무용지물로 만든다. 날마다 반복적으로 복습하고 예습하며 공부하지 않으면 절대 좋은 성적을 받을 수 없다. 정기 시험 외에 한 해에 두 번, 중간고사와 기말고사가 따로 있기 때문에 복습과 예습의 압박은 더욱 거셌다. 이런 부분에서는 차라리 중간고사와 기말고사, 그리고 수행평가로만 평가하는 한국의 제도가 더 낫다고 보는 내 친구들도 몇몇 있다.

말이 나온 김에 나의 친구들 몇 명을 소개하고자 한다. 가장 먼저 소개할 한국인은 손중현이다. 중현이 형은 작년에 입학한 우리와 함께 학교로 전학 온 현재 11학년인 선배이다. 중현이 형은 중학교를 이 지역에서 다녔기 때문에 일단 나를 비롯한 다른 한국인들보다 현지의 미국인들과 더 잘 어울렸다. 성격 또한 착하기 때문에 친화력이 매우 좋았고 항상 우리 학년의 아이들을 챙겨 주는 든든한 지원군이다. 주소는 서울특별시 종로구 평창동이다.

다음 소개할 한국인은 같은 학년의 이준희이다. 준희는 한국인이지만 미국 시민권자였고, 그 이유로 가끔 우리에게 조롱과 질타를 받기도 한다. 그러나 준희는 운동, 공부 그 어느 분야도 게을리하지 않고 항상 나와 경쟁하는 사이이다. 2002년에 태어나 우리 학교의 한국인 중 가장 어리기 때문에 항상 우리가 보살펴 주는 입장이다. 준희는 확실한 진로를 가지고 있지 않지만, 여러 활동을 통해 자신의 꿈에 근접하려 항상 노력한다. 나보다 어린 동생이지만 그에게서 배울 점이 많은 것을 가끔 느낀다.

마지막으로 소개할 한국인은 또 다른 나와 같은 학년의 김재현이다. 나와 같은 나이인 재현이를 한마디로 요약하자면 '만능 스포츠맨'이다. 테니스, 축구, 농구 그 어느 분야에서도 꿀리지 않는다. 운동을 잘하지 못하는 나로서는 너무나도 부럽다. 머리 또한 비상하여 한국에서는 전교 1등을 매번 놓치지 않았고,

국어와 한국사를 특출하게 잘하는 전형적인 문과형 학생이다. 분명 한국에서 고등학교를 진학했다면 서울 대학교에 수시 입학이든 정시 입학이든 당당히 합격했을 정도의 실력을 갖추고 있는 수재이다.

재현이는 나와 교류가 가장 많은 한국인이기도 하다. 1학년일 때 같이 듣던 수업이 유독 많아 시험이나 퀴즈를 준비할 때면 항상 함께 도서관에 가서 공부했고, 나처럼 노래 부르는 것을 좋아해 쉬는 날이면 함께 방을 노래방으로 만들기도 했다. 재현이 아버지의 고향은 나의 아버지와 같은 경상북도로, 지연(地緣) 때문인지 나와 통하는 점이 한둘이 아닌 아이다. 또 한국인 중 유일하게 집을 방문한 적이 있는 친구이기도 하다(덕분에 그에게 진 빚이 조금 있다). 한국 주소는 서울특별시 강남구 대치동이다.

글을 쓰는 중 나와 같은 학년에 한국인 아이가 한 명 더 전학 왔다. 이름은 임재홍으로, 작년에 졸업한 12학년 선배의 사촌동생이다. 아직 그와는 쌓은 추억이 많지 않아 이 글에서 그에 대해 깊게 다루지는 않겠다. 한 가지 확실한 것은 이 학교의 한국인들은 전부 모든 분야에 있어서 최선을 다하는 사람들이고, 좋은 사람들이라는 것이다. 내가 이 학교에 빠른 속도로 적응할 수 있었던 것은 그들의 도움이 있기에 가능했다. 그들이 없었다면 아마 진작에 학교 생활을 포기했을지도 모를 정도로 내 삶에 그들이 미친 긍정적인 영향은 컸다.

1학기가 끝나자, 기숙사 사감이 도서관에서 공부하던 내게 성 적표를 들고 와 내보였다. 98, 95, 95…… 100. 전 과목 모두 A 였다. 가까스로 90점으로 A를 받아낸 수학 수업을 제외하면 전부 A 중에서도 상위권에 자리 잡고 있었다. 우리 학교는 Dean's List라는 전 과목에서 A를 받은 학생에게 학기(총 4학기) 마다 성적 우수상을 수여했다. 밝은 금색의 종이에 교장 선생 님의 서명과 함께 적힌 내 이름을 보자 뛸 듯 기뻤다. 나는 아 버지가 내게 첫날 해 주신 말씀을 다시 떠올렸다.

'F만 받지 말아라.'

작았던 기대에 비교해 큰 보상이었다. 성적표를 받고 자랑스 러워하실 아버지의 모습을 떠올리자 기분이 좋아졌다. 앞으로 4년간 이렇게만 하면 성공에 아주 가까이 근접할 수 있을 것이 다. 항상 하는 말이지만, 아무리 좋은 과외 활동을 해도, 아무 리 훌륭한 에세이를 써도, 최우선은 내신 성적이다. 좋은 성적 을 기본으로 깔아 놓아야 입학 시 대학교에서 내 원서를 들추 어 보기라도 할 것이다.

2학기도 공부만 하며 지냈다. 1학기와 비교하면 각 과목의 시 험과 퀴즈에 훨씬 적응된지라 훨씬 공부하기 수월했고, 더 높은 성적을 받을 수 있었다. 특히 Gigot의 수학 수업 성적은 1학기의 것과 비교하면 5점이나 상승하는 성과를 이루어 냈다.

비교적 짧았던 2학기를 성공적으로 마무리하자 중간고사가 나를 기다리고 있었다.

2학기를 마무리 하던 날, 학교에는 눈이 수북이 쌓였다.

한국 학교들이 보편적으로 사용하는 시메스터제(2학기제)는 1학기에 두 번, 2학기에 두 번 시험이 있기 때문에 시험마다 큰 범위를 다루지 않는다. 그러나 쿼터제(4학기제)를 사용하는 우리 학교에서는 2학기마다 한 번씩 큰 시험이 있기 때문에, 한 시험에서 다루는 범위가 매우 넓다. 쿼터제를 채택하고 있지만 실제 성적표에 반영되는 성적은 시메스터 성적인데, 각 학기를 합산해 75%를 반영하고 시험을 25%로 반영한다. 두 시간 동안 치르는 단 하나의 시험이 한 달 분량의 성적과도 맞먹기 때문에 열심히 준비하여 좋은 성적을 받지 않으면 몇 달간의 노력이 무산된다. 다행히 종교(Religion)을 포함한 몇몇 과목은 중간고사를 다른 에세이나 프로젝트로 대체해서 다루었기 때문에 걱정하지 않아도 되었고, 남은 과목들에 더욱 집중할 수 있었다. 사흘 간의 중간고사가 끝났지만, 성적이 발표되는 것은 겨울방학 뒤의 일이었다. 그 말은 즉, 약 한 달 간 성적 걱정에 마음 졸이며 겨울 방학을 보내야 한다는 것이었다. 내가 오기 직전의 해에는 겨울 방학 직후에 중간고사를 쳤기 때문에 방학 중 마음을 졸이지 않아도 됐지만, 대신 다른 의미로서 방학을 편히 보내지 못하게 된다는 단점이 있다. 그 당시의 제도보단 지금의 제도가 더 낫다고 생각하지만 여전히 겨울방학을 편하게 보내는 것은 불가능해 보였다.

겨울방학은 다른 아이들보다 몇 배는 더 바쁘게 보냈다. SAT 시험 대비 수업을 수강하거나 다음 해에 수강할 AP 수업을 준비하는 것 때문에 바쁜 것이 아니라, 세계의 여러 나라를 돌아다녔기 때문이다. 방학 당일 밤 에티하드 항공을 타고 아부다비로 간 뒤, 그곳으로부터 다시 에티하드 항공을 통해 인천을 향했다. 한국에 간 이유는 단 하나, 누군가를 만나기 위해서였다.

이 글을 쓰기로 계획했을 당시, 가장 먼저 내가 한 것은, '현재 내 이미지에 타격을 줄 수 있는 내용' 혹은 '내 글에 절대 넣지 말아야 할 내용'을 선정하는 작업이었다. 그중 가장 첫 순위가 바로 내가 지금 할 이야기다. 지금 소개할 이야기가 '내 글에 절대 넣지 말아야 할 내용'에 선정된 이유는 단순히 소개하기 너무 부끄럽기 때문이다. 하지만 내 고등학교 생활을 이해하는 데 있어서 중요한 부분이라 생각되기에 모든 부끄러움을 뒷전으로 한 채 써내려 가기로 했다.

단순히 친구 한 명을 만나기 위해 한국에 잠시, 단 사흘간 방문하는 건 말도 안 되는 행동이다. 내가 만나고자 했던 누군가는 내게 친구 이상이었고, 미국에 막 도착하여 외로웠던 나를 달래 줄 수 있었던 유일한 존재였다.

초등학교를 입학할 때부터 서로 알고 지냈던 약 10년 가까이 알고 지낸 사이였지만, 그 사이가 급속히 가까워진 것은 2016년 여름이었다. 당시 오랜만에 여수에 방문한 나는 우연히 그녀를 마주쳤고, 그녀는 내 모습을 기억해 내게 다가와 미소를 지으며 인사를 했다. 그 모습이 얼마나 아름다웠는지 모른다. 한국에 있을 적 같은 학교, 같은 반이었기에 항상 마주치던 사이였고 서로 장난을 치기도 하고 싸우기도 하며 티격태격 지냈다. 친구 이상으로는 생각지 않았던 사이였지만, 오랜만에 나를 만나 내게 보여주었던 그 미소는 내 마음을 녹였다. 말 그대로 첫눈에 반한 것이다.

그녀가 내 첫사랑인 것은 아니었다. 이전에도 여자친구를 사귄 적이 있었고 사실 그녀를 다시 만난 이후에도 다른 여자와 연애를 몇 번 했지만, 그녀에 대한 내 기분은 무언가 달랐다. 그녀의 목소리를 들을 때마다 내 지친 마음은 활기를 되찾을 수 있었고, 그녀와 이야기를 할 때면 슬픈 감정 또한 모두 사라졌다. 2016년 여름이 지나고 미국에 도착하자 그녀는 이미 내게 너무 소중한 존재가 되어버렸다.

그녀와 연락을 시작할 때부터 나는 이미 내가 아무리 손을 뻗어도 그녀에게 닿지 않는다는 걸 잘 알고 있었다. 나는 미국에서 공부하는 학생이었고 그녀는 한국에서 입시에 전념해야 할 고등학생이었다.

그러나 내가 그녀를 포기하기에는 이미 나의 삶에 있어서 그녀의 비중이 너무 커져 버렸다. 내 SNS의 친구 목록 가장 위에는 그녀가 있었고 내가 즐겨 듣는 음악은 그녀가 좋아하는 음악이 되어버렸다. 그녀를 만나지 못하는 나날들이 너무 괴로웠다. 한 달, 두 달……. 시간이 지나면 점차 사라져 갈 듯했지만 내 마음은 여전히 그녀를 향해 있었다. 겨울방학, 한국에 들어가 그녀를 만나기로 꼭 약속했던 나였지만 우리 가족은 성탄절 휴가 때 한국에 들어가는 것 대신에 스페인을 여행하기로 했다. 너무나도 그녀가 보고 싶었던 나는 고작 사흘이라도 그녀의 얼굴을 마주 보기 위해서 자비로 비행기 표를 끊었다.

너무나 기대되는 만남이었다. 약속 당일 아침 그녀의 집 앞으로 가 그녀를 기다렸고, 멀리서 걸어오는 그녀의 얼굴을 보자 미소가 벌써 내 귓가에 걸렸다. 그러나 좋았던 시작과 다르게 끝은 좋지 못했다. 희망과 환희를 두고 시작했지만 내게 남은 건 쓸쓸함과 후회뿐이었다. 그녀에게 내 마음을 고백할 작정으로 무려 20시간의 비행을 거쳐 한국으로 향한 나였지만 결국 나는 내 진심을 그녀에게 털어놓지 못했다. 내게 주어진 시간은 한정되어 있었지만 나는 내 마음을 표현할 용기가 부족했다.

다음날 아침, 당일 오후 4시 바르셀로나행 비행기에 탑승해야 했던 나는 그녀에게 작별 인사를 하기 위해 다시 그녀의 집 앞으로 가 그녀를 기다렸다. 그런 나를 본 그녀는 여전히 내게 아름다운 미소를 지어주었고 편지를 한 장 건네주었다.

편지를 건네준 뒤 그녀는 떠났고 나만 혼자 쓸쓸히 남았다. 내 이름이 새겨진 그녀의 편지를 손에 꽉 쥔 채 터지려는 울음을 머금고 하늘을 바라보았다. 비가 내려 우중충했던 하늘은 나와 함께 울었다.

한국에서의 일을 마친 나는 곧바로 부모님을 뵙기 위해 스페인의 바르셀로나로 향했다. 아버지께서 회사로부터 긴 성탄절 휴가를 받으신 덕분에 아버지와 어머니, 그리고 동생은 이미 스페인에 도착해 휴가를 즐기고 있었다.

스페인의 유명한 건축가 가우디가 직접 설계한 집의 모습이다.

몬세라트의 수도원에서 찍은 사진이다.

이 주 간의 긴 휴가였고 나는 반 년 만에 다시 부모님을 뵐 수 있었기에 기대는 됐으나 중간고사 성적을 아직 알 수 없었기 때문에 편한 마음은 아니었다. 무려 일 년 만에 가지는 가족 여행이었지만 아쉽게도 즐겁게 보낼 수만은 없었다. 떠날 때의 고통 또한 큼을 알았기 때문에 애초에 가족 여행이 마음에 썩 내키지 않았다. 길지만 짧게 느껴졌던 이 주가 지나고 나는 다시 기숙사로 돌아왔다.

스페인에서 맞이하는 2016년의 마지막 지는 해였다.

1학년 2분기(3, 4학기)는 내게 많은 변화를 준 시기이자 내가 지금의 꿈을 확신하는 계기가 된 시기였다. 2분기의 성적은 1분기와 다름없었다. 수학 성적은 계속해서 최상위권으로 올랐고 나머지 과목들은 1분기의 성적을 유지했다.

성적과 별개로 내게 변화를 준 것은 다름 아닌 새로운 만남이었다. 12월, 컬럼비아 대학교로부터 ED(Early Decision) 지원 합격 통지를 받은 12학년의 한 선배는 2분기가 되자 훨씬 여유로웠다. 덕분에 선배는 1분기와는 다르게 우리와 더욱 많은 교류를 할 수 있었다. 주말마다 함께 저녁을 먹으러 나가는 일이 잦아졌고, 그와 함께 시간을 보내는 일 또한 늘어났다. 선배는 여러모로 나와 잘 맞는 부분이 많았다. 특히 정치 사회적으로 나와 같은 견해를 보였던 선배와 나는 더욱 깊이 있는 대화를 할 수 있었고, 그의 꿈 또한 나와 같은 정치인이었기에 미래의 고민 또한 쉽게 털어놓을 수 있었다. 게다가 그의 아버지는 정계 인물이었기에 좋은 연줄을 만들 기회이기도 했다. 그가 컬럼비아 대학교에 합격했다는 사실이 그와 더욱 가까워진 요인인 것 또한 부정할 수 없다.

그와 함께한 시간은 비록 반년도 채 되지 않는 짧은 시간이었지만, 그가 내게 준 영향은 매우 소중했다. 그는 내게 이 학교에서 살아남는 방법을 가르쳐 주었으며 내 꿈이 자라나도록 도와주었다. 학교생활에 있어서 모르는 부분이 있으면 언제나 가서 물어볼 수 있는 존재가 있다는 건 아직 철없던 신입생이었던 내게 커다란 행운이었다.

이 책에서 내가 그를 소개할 수 있는 내용은 이게 전부다. 더 많은 이야기를 소개하고 싶지만, 이 이야기 또한 '내 글에 절대 넣지 말아야 할 내용' 중 하나이기 때문에 하지 못하는 것에 양해를 구한다. 한 가지 확실한 것은 아직 그와 내 인연은 이어지고 있다는 사실이다.

선배의 조언 덕분에 2분기에 들어서 나는 학교생활을 더욱 적극적으로 임했다. 평생 해보리라 생각도 하지 못했던 럭비를 해본 것도 이때이고, 교내 규칙의 불만 사항을 직접 학생부에 전달해 본 것도 이때이다. 교내 규칙에 있어서 나는 더욱 민주적인 학교를 만들고 싶었다. 학생 체벌 과정에서 학생들의 개입이 더욱 커져야 한다고 생각했던 나는 'Student Law Group'의 제안서를 들고 직접 학생부로 찾아갔다. 당연히 1학년이었던 내게 학생부는 선뜻 기회를 내주지 않았다. 그런데도 나는 계속해서 그들에게 찾아가 내 생각을 말하며 학생 자치 위원회의 필요성을 이야기했다.

나의 의견을 일부 수렴한 학생부는 나를 다음 해에 있을 Middle State Committee의 위원으로서 학교 제도 개편에 기여할 수 있게 허락해 주었다. 후에 Middle State Committee의 위원 자격으로 나는 학교에 정식으로 학생 자치 위원회의 필요성을 다시 한 번 요구했고, 학교 측에서는 기숙사 시설에 한해

위원회 설립을 추진할 것을 추천했다.

나는 그 의견을 곧바로 받아들였고, 나와 뜻을 같이하는 몇몇 친구와 함께 2학년 2분기가 된 아직도 우리는 위원회 설립 계획을 추진 중이다. 이 글이 완성되기 전 위원회 설립 계획이 실현되지 못한 것이 안타까울 뿐이다.

바쁜 1학년 2분기를 보내고 드디어 긴 여름방학이 찾아왔다. 약 3달간의 여름방학 동안 내가 해야 할 일들은 무척 많았다. SAT 준비 수업을 들을 예정이었지만 나는 그 대신 SAT Subject Test를 준비하는 데 힘썼다.

상위권 대학은 최소 두 개에서 최대 네 개까지의 SAT Subject Test의 성적을 요구했기 때문에 일찍 준비할수록 나중에 할 일이 줄어들었다. 게다가 봉사 활동 또한 중요했기 때문에 여름 방학에 최소 40시간의 봉사 활동을 하기로 했다. 학교에서는 20시간을 요구했지만 나는 그 정도로는 성에 차지 않아서 대학 입학 전까지 300시간의 봉사를 하기로 마음먹었다.

물론 여름방학을 오직 일만 하며 보낸 것은 아니었다. 어릴 적 추억이 고스란히 담겨 있던 여수의 초등학교와 중학교를 찾아가 꼭 뵙고 싶었던 선생님을 뵙기도 했고, 친구들을 만나 시간을 보내기도 했다. 동전 노래방에 갔던 기억 또한 빼놓을 수 없다. 2016년, 가장 소중한 사람으로부터 소개받았던 노래인

'어디에도'로 입문한 M.C THE MAX의 노래들은 내 심금을 울리기에 충분했다. 보컬 이수의 깔끔한 고음과 매력적인 목소리뿐만 아니라 그들 노래의 가사는 내 마음을 울렸다.

이제 혼자 남아 돌아가는 길

이 무거운 눈물만이 발길을 잡아서

머물 수 없는 그리움으로 떠난

그대의 모습을 기억해요

- M.C THE MAX, '이 밤이 지나기 전에'(작사/작곡 이수) 중

내가 그들의 노래 중 가장 좋아하는 구절이다. 오랜 유학 생활로 지쳐 피로한 나를 달래기에 그들의 노래보다 좋은 약은 없었다. 여름방학 동안 시간이 날 때마다 잠시 동전 노래방에 들러 M.C. THE MAX의 노래를 부르면 그날 하루의 지친 피로를 풀 수 있었다.

무척이나 길 것만 같았던 3달은 빠르게 흘렀고 어느새 나는 미국으로 돌아가는 대한항공의 KE 093에 탑승해 있었다.

2학년으로 진급하자 나는 기존의 토론 동아리 활동을 제외하고도 많은 동아리 활동들에 관심을 가졌다. 그렇다고 기존의 토론 대회 활동을 소홀히 하진 않았지만, 옛날과 같이 날마다

토론문에 사용할 판례와 사례를 찾아보지는 않았다. 대신 두 가지의 다른 활동에 관심을 두었는데, 바로 국제 관계 동아리와 투자 대회였다.

국제 관계 동아리는 Whitman이라는 사람이 이끌고 있었는데 그는 작년부터 내게 관심이 많았다. 아무래도 한국인이지만 사우디아라비아에서 살고 있다는 것과 첼로를 잘 연주한다는 배경 때문인 듯하다. 덕분에 다른 한국인들은 이름을 실수로 바꾸어 부를 때도 있지만, 나에게 그런 적은 단 한 번도 없다. 1학기 초부터 시작한 동아리 활동은 매우 빠르게 진행되었다. 아무래도 첫 번째 대회인 Model OAS(Organization of American States)가 12월 첫 주에 있기 때문일 것이다. 나는 Model UN과 같은 모의 회의를 해본 경험이 거의 없었고, 동아리 활동을 시작한 것도 그해가 처음이었기 때문에 대표단 자격으로 참석할 수 있을지 의구심이 들었지만, Whitman의 배려로 제3위원회의 대표단 자격으로 대회에 참가할 수 있었다. 회의 과정은 UN과 같았다.

우리 학교가 대표단으로서 맡은 국가는 콜롬비아와 아이티였는데, 내 소속 국가는 콜롬비아였다. 제3위원회에서 다룬 주요 안건의 주제는 '지속 가능한 발전'이었는데, 그중에서도 내가 중점적으로 다룬 항목(3-C)은 고국으로 귀국한 이민자들의 사회

복지에 있어서 지속 가능한 발전이었다. 이민자 문제는 국제회의에서는 항상 대두됐던 문제였고, 특히 남미 대륙 국가들의 불안정한 상황에 힘입어 전미 대륙에서 이민자 문제는 최근 심각한 문제로서 계속 주목을 받아왔다. 이러한 상황 때문에 내가 처음 안건의 주제를 받았을 때 든 생각은 '쉽다'였다.

그러나 내가 간과했던 것이 있다. 이 안건이 단순히 이민자 문제만 다루는 것이 아닌 복잡한 현실을 다룬다는 사실이었다. 고국으로 귀국한 이민자들의 사회 복지를 논하기 위해서는 해당 국가들, 즉 귀국 이민자들을 받은 국가들의 지원이 뒷받침 되어야 한다. 국가의 재정 상태와 치안 상태, 그리고 현 정부의 귀국 이민자의 태도 등이 주요 문제로 떠올랐고, 남미 대륙의 모든 국가가 이러한 조건들을 현재 긍정적으로 받아들일 수는 없었다. 나는 곧 난관에 부딪혔다. 현재 안건을 더욱 자세히 살펴보기 위해 나는 과거 OAS 회의의 결의안들을 살펴보기로 했다.

며칠간 과거 안건들을 살펴보자 드디어 해답이 조금씩 나오기 시작했다. 과거에도 이미 해당 문제가 대두되었던 적이 있었기에, 이미 OAS 결의안으로서 제출되어 실행되고 있던 제도들이 일부 존재했다. 나는 그러한 제도들에 대해 더 자세히 조사한 뒤 자료를 만들었다. 내 서류 가방이 만들어진 자료들로 가득 채워지자 내 심장 또한 자신감으로 가득 채워졌고, 곧 있을 회의에 더욱 확신을 가질 수 있었다.

아침 일찍 도착한 회의장의 분위기는 어수선했다.

어수선한 Model OAS 회의장의 모습이다. 바로 앞의 칠레에서 온 친구가 눈에 띈다.

여러 다른 학교에서 온 다른 인종의 아이들이 한자리에 모이자 분위기는 어색할 수밖에 없었고, 결국 같은 학교끼리, 같은 말을 쓰는 아이들끼리, 또는 같은 인종끼리 모여 삼삼오오 떠들어 댔다.

회의 시작을 알리는 의사봉을 두드리는 소리와 함께 의장의 인사말이 들렸고, 순간 정적이 흘렀다. 드디어 제36회 모의 OAS 회의가 시작된 것이다. 총 3일간 열렸던 회의 시간의 대부분은 결의안 작성으로 채워졌고, 나머지는 결의안 심사였다.

내가 속하였던 조, 즉 내가 맡은 안건을 책임지고 있던 사람들과 함께 개별 회의실로 이동해 몇 시간 동안 결의안을 짜기 시작했다. 우리 조는 내가 조사해온 자료들 덕분에 훨씬 수월하게 결의안을 작성할 수 있었고, 후에 결의안 심사 당시 다른 조들에 비교해 압도적으로 높은 수준의 결의안을 선보일 수 있었다. 나와 내 자료의 주도하에 내 조에 소속되어 있던 모든 대표단은 힘을 합쳐 결의안을 작성했고, 결국 약 2시간 만에 세 장 분량의 수준 높은 결의안을 완성했다.

다음날, 회의를 시작하자마자 결의안 심사가 시작되었다. 내 조는 두 번째였고 나와 조원들을 결의안이 꼭 통과되리라는 확신을 두고 심사를 시작했다. 불행히도 첫째로 심사된 조의 결의안은 비준되지 않았다. 비준된 이유는 크게 두 가지가 있었는데, 가장 컸던 첫째는 자금 조달 수단의 부재였고, 둘째는 결의안 내용의 애매모호함이었다. 자금 조달 수단이 결여된 상태로 통과된 결의안은 실행할 수 없었다. 실행할 수 없는 결의안은 아무런 의미가 없는 것에 불과했기 때문에 나는 콜롬비아의 대표단으로서 강력한 반대 의사를 표명했고, 그것에 힘입어 다른 국가의 대표단들도 내 의견에 찬성해 결국 그 결의안은 부결되었다.

우리 조가 작성한 결의안의 통과 여부가 결정되는 두 번째 심사가 시작되자 회의장에서는 침묵이 흘렀다. 이유는 단 하나, 내 조의 결의안이 너무나도 완벽했기 때문이었다. 자금 조달 수단, 구체적인 실행 방안, 그리고 범국가(汎國家)적으로 적용 가능했던 계획안 덕분에 아무런 이의 없이 속전속결로 투표가 진행되었고, 만장일치로 통과되었다. 아무런 이의나 변경 없이 만장일치로 통과된 결의안은 우리의 것이 전 회의를 통틀어 처음이자 마지막이었다. 나는 훌륭한 조원들을 만난 것에 감사를 표시했고, 내 조원들 또한 모두 한 마음이었다.

그리고 결의안의 통과에 힘입어 나는 제3위원회의 차기 의장으로서 선거에 출마했다. 차기 의장으로서 나는 OAS 소속국이 아닌 제3국에서 왔다는 강력한 장점이 있었고 게다가 나는 스페인어까지 구사할 수 있었다. 나는 출마 연설 또한 스페인어와 영어를 섞어가며 했다. 결의안 심사 과정에서 내가 보여준 인상적인 모습에 나는 많은 대표단의 지지를 살 수 있었고 결국 차기 의장직에 당선되었다. 올해 처음 국제 관계 동아리에 가입한 내가 MOAS라는 것이 무엇인지 안지 채 반 년도 되지 않아 의장직에 당선된 것이다. Whitman과 내 친구들은 나를 자랑스러워했고 나는 스스로 내 리더십을 다시 한 번 증명했다.

아래는 내가 당시 직접 작성하고 각 나라의 대표단 앞에서 읽었던 연설문 전문이다.

내가 직접 작성한 연설문의 모습이다. 곳곳에 지운 흔적이 눈에 띈다.
연설문 바로 아래에 깔려 있는 것은 Model OAS 참가 확인서이다.

이 또한 내 16년의 파란만장했던 인생을 요약한 것이라 볼 수
있기에 본문의 내용과 일맥상통한다.

"Good morning fellow delegates, my dearests, my friends,
and 'mis amigos'. I stand here in front of all of you, fellow
delegates, to run for the position of the chairman of the
37thModel OAS conference. This 36th conference has
been my first time at the Model OAS as a sophomore at
Georgetown Preparatory School, and there were so many
values I have learned here; however, two of the most
important values among those were diversity and democ-
racy.

I was born in South Korea, and I went to an elementary school there. Then, I moved to Saudi Arabia where individual freedom was highly restricted and went to a middle school there. At the end of the day, I arrived here in the United States to go to Georgetown Preparatory School. Having been a minority both in Saudi Arabia and the United States, I understand the value 'diversity' better than most people.

As I explained before, I was born neither in the United States nor in the Latin America, so I can see each of you who represents each state in this hemisphere equally. I would like for the people coming to the next session to enjoy and learn from this Model OAS conference as much as I did.

I urge you, fellow delegates, to vote for me who understand the most important values of this conference and to draw a bigger picture for our future.

Thank you, 'gracias.'"

연설문을 읽을 당시의 감동의 여운은 아직 내 가슴 속 깊은 곳에서 맴돈다. 내가 연설문에서 강조한 두 가지 가치인 '민주주의'(사실 내가 진정으로 원하는 것은 '자유'민주주의이긴 하다)와 '다양성'은 내가 단순히 의장직 당선을 위해서 급조한 가치가 아닌 내 삶에서 내가 항상 추구해왔던 가치였기 때문에 나는 이 연설문을 진심을 담아 읊조릴 수 있었고, 그 덕택에 더 쉽게 내 리더십을 증명할 수 있었다.

당시 연설했던 전당대회장이다.

비교적 쉽게 리더십을 증명한 국제 관계 동아리와 다르게 투자 대회는 현재 진행형이다. 투자 대회에 함께 참가할 것을 내게 먼저 제안한 것은 또 다른 중국인 친구였던 Bruce Shen이었다.

브루스는 새로운 학년에 들어 부쩍 친해진 친구였다. 1학년 때도 내 옆 방에 살았기 때문에 자주 대화를 나누곤 했지만 지금만큼은 아니었다. 지금은 브루스가 한두 시간쯤 내 방에 있는 것은 당연한 일이 됐고, 심지어 내게 할 말이 없을 때도 불쑥 내 방에 찾아와 무언가를 하다 돌아가기도 한다.

그의 삶은 토니만큼 기계적이지는 않았다. 토니의 삶에서는 찾을 수 없었던 여유를 그에게서는 찾을 수 있었고, 그는 가끔 카페에 가거나 캠퍼스 밖으로 저녁을 먹으러 나가는 식으로 나와 함께 그러한 여유를 즐기곤 했다. 그러나 그의 삶에 여유가 있다고 해서 그가 공부를 소홀히 한 것은 절대 아니었다. 순수한 실력으로만 따지면 그가 오히려 토니보다 월등했고 그의 공부를 향한 의지는 그 누구보다 강해서 지는 것을 싫어하는 성격이었다. 그런 면으로 볼 때 그는 나와 닮은 점이 매우 많았다. 그는 자신의 뚜렷한 꿈과 목표를 가지고 행동했고 가끔 그런 그가 존경스럽기도 했다.

그런 그가 1학년을 마친 여름방학 불쑥 내게 연락을 취해 투자 대회를 함께 하지 않겠냐고 물었을 때 나는 흔쾌히 수락할 수밖에 없었다. 나는 그가 지닌 가능성을 알고 있었고 그가 한 번 시작한 일은 절대 포기하지 않을 것을 잘 알고 있었다. 그에게 내 미래의 일부를 맡기는 것은 어떻게 보면 당연한 처사였다. 내가 투자 대회를 함께 하자고 수락하자 그는 곧바로 내게 유튜브에서 무려 4주 분량의 회계와 기업 분석과 평가에 관한 펜실베이니아 대학교에서 제공한 강의를 시청하길 권했다. 아니, 명령했다.

투자 대회 심사는 100% 포트폴리오로만 이루어졌는데 제출 기한은 2018년 3월이었기 때문에 이 글에서 직접적인 내용은 다루지 않는다. 그러나 브루스는 그가 무엇을 해야 할지 잘 알고 있는 친구이고, 나는 그런 그를 믿기 때문에 또한 우리가 성공할 것이라 굳게 믿는다.

2학년이 되어 새로 수강한 과목 중 하나는 라틴어이다. 우리 학교의 교과 과정을 잠시 설명하자면 이렇다. 고등학교 4년간 영어, 수학, 종교 과목을 수강해야 하며, 3.5년간 사회 과목, 2년간 과학 과목, 고전어, 제2외국어를 듣는 것으로 구성되어 있다. 보통 신입생은 1학년 때 고전어 수업인 라틴어를 수강하기 마련이나 나는 중학교에서부터 스페인어를 배워왔기 때문에 라틴어 대신 스페인어를 수강했고, 2학년에 진급해서야 라틴어 수업을 듣기 시작한 것이다.

한국인에게 라틴어 배우기는 시작부터 가파른 오르막길이라는 말이 있다. 한국어와는 본질적으로 다른 굴절어이기 때문이라고들 하지만, 나에게 있어서 라틴어는 사실상 학기 과목 평균 성적을 올리는 도구로서 이용되었다. 라틴어와 직접적인 관계가 있는 로망스어군인 스페인어를 배워왔기 때문에 라틴어 단어를 암기하는 것은 누워서 떡 먹기와도 같았다. 스페인어를 배우며 굴절어라는 개념을 이미 머릿 속에 정리해 놓은 내게 라틴어는 마치 다른 종류의 스페인어처럼 느껴졌다.

2학년, 나는 과외 활동뿐 아니라 학업에 있어서 다시 한 번 나의 발전 가능성을 증명했다. 작년과 다르게 수업 일정에 몇 개의 AP 과목들과 Honors 과목들이 추가되었음에도 불구하고 2학년의 평균 성적(1분기 중간고사를 제외한 2학기 성적의 평균 점수는 무려 99점이었다)은 작년과 비교하면 더욱 높아졌다.

AP는 Advanced Placement의 약자인데, 이 생소한 어휘에 친숙하지 않을 독자들을 위해 잠시 설명하자면 대학교 1학년 교양 수업 수준의 과목을 고등학교에서 미리 수강하는 것이다. 대학교 수준의 수업이기 때문에 그 난이도는 당연히 일반 수업을 훨씬 상회하고, 단순히 수업을 듣는 것뿐만 아닌 학년 말의 AP 시험을 통해 대학교 학점을 미리 받아놓을 수 있다. 미국 대부분의 대학교들은 5점 만점의 이 시험에서 4점 이상의 점수를 받아내면 학점으로 인정해 주고 있다. AP 시험 형식은 과목마다 천차만별인데, 내가 현재 수강 중인 AP World History를 예로 들자면 객관식 55문제에 서술형 문제 3개, 장문의 에세이

2개를 포함한다. 에세이 중 하나는 DBQ(Document Based Question)라고 불리우며 주어진 문서들을 읽고, 그 문서들에 상응해 주어진 시간 안에 에세이를 작성하는 것이다. 이 엄청난 난이도의 시험 덕분에 이미 AP 세계사의 방대한 분량에 고통받는 학생들에게 AP 세계사는 만점을 받기 매우 어려운 시험이라고 평가받는다. 내가 다니는 Georgetown Preparatory School를 포함한 미국 대부분의 사립학교는 최소 30가지 과목의 AP 수업을 제공한다. 미국의 상위 사립 대학교를 목표로 두고 있는 학생은 보통 10개 이상의 AP 과목을 수강하고, 많으면 15개까지 수강하기도 하는 게 현실이다.

학기 초에 이번 학년으로 올라와 처음 수강하게 된 AP 수업들 덕분에 애를 먹은 것은 사실이다. 특히 AP World History(세계사)의 방대한 분량으로 인해 큰 고통을 받았다. 매 시험 암기해야 하는 50개가 넘는 주요 어휘들과 세계 각국의 시대별 문화, 경제, 사회, 경제 모든 분야를 아우르는 교류를 중심으로 출제됐던 에세이 문제가 나를 괴롭혔지만 점차 적응했다. 학기 말에는 물 흐르듯 문제를 풀 수 있었다.

나는 개인적으로 라틴어를 아주 좋아하는데, 언어 자체의 매력도 매력이지만, 알면 알수록 라틴어로부터 유래된 다른 언어들(특히 영어)의 어근을 이해하는 데 큰 도움이 되었기 때문이다.

마치 국어에서 한자의 역할과 같이 말이다. 그리고 라틴어는 낭만적이다. 솔직히 말하면 그 어떤 언어에 비교해도 가장 멋있는 언어다.

내가 가장 좋아하는 임마누엘 칸트의 책 『순수이성비판』 한 구절인 "개념없는 직관은 맹목적이고, 직관없는 개념은 공허하다"를 라틴어로 번역하면(내가 직접한 것이라 문법적 오류가 있을지도 모른다) 아래와 같다.

"Sententiae sine continentiā(consuetudine) sunt inanis et continentiā(consuetudine) sine conceptis sunt caeca"

따라 읽어보라. 무언가 있어 보이지 않는가? 내 마음속 한 부분에 작게 자리하고 있는 허영심을 만족시키는 데 이만한 언어가 또 어디에 있겠는가. 무언가 있어 보이는 이 언어의 매력은 나를 라틴어에 빠져들게 만들었고, 좋은 성적을 받는 것에 일조했다.

학교 수업을 마친 이후의 기숙사 생활은 가끔씩 설레는 일이 있기는 하지만 거의 대부분이 지루하다. 2학년 1분기에 내가 한 것은 글을 쓰거나, 동아리 모임에 나가거나, 공부를 하거나, 체육관에 축구를 하러 가는 것이었다. 이 네 가지로 내가 했던 모든 것을 설명할 수 있다는 사실로 보아 내 기숙사 생활이 얼마나 지루한지 알 수 있다. 주말에는 성당에 미사를 보러 나가고, 친구들과 함께 기숙사 밖으로 나가 함께 밥을 먹거나(대식가들이라 한 번 나가면 몇 십만 원 씩 깨지는 것은 예사다) 컴퓨터로 오락을 하는 것이 내 기숙사 생활의 유일한 낙이다. 그러나 이 모든 시련이 내 성공을 위한 발판이라고 생각하면, 또 나를 위해 사우디아라비아에서 고생하시는 부모님을 생각하면, 전부 버틸 수 있다.

2학년의 나는 계속해서 말하지만 '현재 진행형'이다. 아직 두 번째 분기가 남아 나를 기다리고 있고, 앞으로 어떻게 될지는 모른다. 하지만 한 가지 확실한 것은 나는 최선을 다해 내게 다가오는 모든 것들에 -그것이 학업이 되었든 과외 활동이 되었든 간에- 맞설 것이며, 내 자신감을 통해 나의 무궁무진한 가능성을 증명할 것이다.

나의 길
Via Mea

사실, 처음 이 글을 기획할 때 이 책은 지금까지의 이야기로 마무리 지으려고 결심했었다. 그러나 얼마 전 할머니가 돌아가셨다는 소식을 들은 뒤 '나의 길'에 대해 다시 생각해 보게 되었다.

2학년 2학기 말, 그동안의 성적 관리를 마치고 중간고사 준비를 시작할 시기에 어머니로부터 갑작스럽게 전해 들은 할머니의 임종 소식은 내게 작지 않은 충격을 주었다. 솔직히 말하면, 할머니께서 돌아가신 시기가 좋지 않았다. 곧 다음 주면 중간고사인데 장례식을 위해서 나는 소식을 접한 다음날 바로 한국행 비행기에 올라야만 했다.

비행기 안에서 여러 가지 복잡한 생각들이 마구 떠올랐다. 중간고사 걱정, 아버지 걱정, 앞으로 혼자 계실 할아버지 걱정과 슬픔, 괴로움……. 여러 가지 절망적인 감정들이 뒤섞여 머릿속이 하얘졌다.

한국으로 가는 비행기에 오르던 날 아침에 우연히 찍은 사진이다.
사진의 분위기는 나의 착잡했던 심정을 대변한다.

　그러나 막상 장례식장에 도착하자 다른 감정들은 모두 뒷전으로 한 채 가장 먼저 눈에서 울음이 쏟아져 나왔다. 장남이셨던 아버지는 곁에서 임종을 지켜드리지 못한 게 한이 되셨던 것인지 소리 내 슬피 우셨고, 나 또한 장손이기 때문에 곁에 있지 못한 것이 한스러워 아버지와 함께 울었다.

　할머니가 돌아가셨다는 소식을 듣고 가장 먼저 든 생각이 나 자신의 성적 걱정이었다는 사실과 그럴 수밖에 없는 현실을 안고 있었던 내게 더욱 울화가 치밀어 울음을 그칠 수 없었다. 그날 하염없이 눈물을 흘리며 뜬눈으로 밤을 지새웠고, 다음날 아침 12시, 발인식에서 할머니의 마지막 모습을 지켜보았다. 눈이 감긴 할머니의 시신을 보자 눈에서는 쉴 새 없이 눈물이 흘렀다. 할머니가 내 곁에서 영영 사라진다는 사실을 차마 받아들일 수 없었던 나는 지금 내가 처한 현실을 마주하는 것 자체가 너무 버거웠다. 나는 무릎을 꿇고 하느님께 기도드렸다. 기도보다는 하느님을 원망하며 자비를 구하는 목소리에 가까운 절규 속의 외침에 가까웠다.

그날 발인식이 끝나고 할머니의 영정 사진과 할머니의 시신이 담긴 관과 함께 화장터로 가는 길에는 오직 슬픔만 존재했다. 장손으로서 영정 사진을 양손에 든 채로 긴 장례 행렬을 가장 앞에서 이끌었던 나는 고개를 숙이고 천천히 앞으로 한 발자국씩 걸어갔다. 눈에서는 눈물이 하염없이 흘렀다. 추석 이후로 연락조차 한 번 드리지 못한 채로 할머니를 떠나 보내야만 했던 나는 죄인이 되었다.

꼭 내가 성공하는 모습을 보여드리겠다고 다짐했지만, 이제는 이룰 수 없는 허상에 불과했다. 태어나서 처음 느껴보는 삶의 회의감이었다. 미국으로 돌아오는 비행기에서도 그 회의감은 잊히지 않았다. 성적, 과외 활동……. 내가 지금까지 이루어 온 모든 일에 환멸을 느꼈다. 나 혼자만 스스로 만족한다면 그게 과연 올바른 일일까? 내가 너무 앞만 보고 달려왔던 것은 아닐까? 너무 앞만 보고 달려온 나머지 주변은 신경조차 쓰지 않았던 것 아닐까?

안타깝게도, 실제로 이 질문들의 답은 모두 부정형이다. Georgetown Preparatory School에 들어온 뒤 학교 안에 함께 있던 친구나 선생님과의 관계는 더욱 돈독해졌지만, 정작 가장 중요했던 학교 밖의 가족과의 관계는 더욱 소원해졌다. 내 부모님께서는 학기 말마다 학교에서 온 성적을 보며 만족하셨고 내게 '쉬어가며 연락도 하고 그래라'라고 하셨지만 나는 그러한 성적에 만족하지 않고 더욱 공부만 했다. 그래서 무엇이든 내가 제일 잘해야, 다른 사람보다는 내가 더 잘해야 만족했던 것이다. 입학한 지 얼마 안 된 처음 몇 달 간은 매일 사우디아라비아에 계신 부모님께 전화를 드렸고, 한국에 계신 외할아버지와 외할머니, 그리고 할머니와 할아버지께도 일주일에 한 번씩은 연락을 드렸지만, 시간이 지나자 그 횟수는 줄었다. 그렇게 되자 결국 할머니께 몇 달간 전화도 드리지 못한 채 돌아가셨다는 소식만 전해 듣고 만 것이다. 그 정도로 앞만 보고 달려왔던 내가 할머니의 별세로 받은 충격을 이루 말할 수 없었다. 나는 정말 머리를 한 대 세게 얻어맞는 느낌이었다.

사람은 참으로 간사한 동물이다. 학교로 돌아온 나는 더는 슬픔에 잠겨 있을 겨를이 없었다. 당장 내일이 중간고사였기 때문에 나는 눈코 뜰 새 없이 바쁘게 움직여야만 했다. 중간고사

라는 압박 속에 삶이 바빠지자 고작 하루 만에 할머니의 죽음
은 기억 저편으로 잊혔다. 할머니 없이 혼자 남아 계실 할아버
지에 대한 걱정보다는 당장 내일 칠 시험 범위에 대한 걱정이
더 컸다. 시험 걱정에 밤을 지새우며 공부했다. 손에 펜이 잡히
지 않았지만 절대로 놓지 않고 1학기 때부터 배워왔던 내용을
복습하고 다시 복습했다. 미래의 회의감, 할머니의 죽음…….
모든 것들은 시험이라는 그늘에 가려 완전히 지워졌다. 다음날
아침이 되자 나는 다시 예전의 나로 돌아왔다. 그러나, 시험을
치던 중 문득 한 가지 생각이 머릿속에서 떠올랐다.

'과연 내가 가는 이 길이 옳은 길인가?'

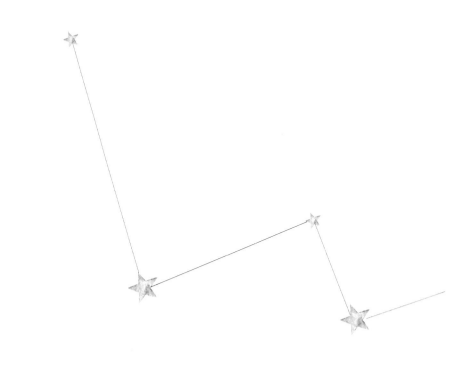

| 마치는 글 |

🌙

이 글에서 나는 내가 하고 싶었던 모든 이야기를 쏟아냈다. 내가 처음 글을 쓰기 시작했던 초등학생 때부터 쭉 꼭 써내고 싶다고 생각해 오던 이야기를 많이 함유했고, 그것이 독자에게 미소를 짓게 할지 눈살을 찌푸리게 할지는 모르는 일이다. 나는 내 관점에서 바라본 세상과 내 경험들을 한 치의 망설임 없이 전부 풀어냈으며, 내 생각을 그대로 투영하여 글을 썼다. 내 꿈, 내 친구들, 내 삶…… . 전부 말이다. 결국, 나는 나 자신을 담은 이 글을 쓰면서 어릴 적 꼭 해보고 싶었던 소원 한 가지를 이루었다. 나의 '꿈'에 관련된 책을 쓰며 내 꿈을 또 하나 달성한 것이다. 참으로 아이러니하지 않은가?

글을 쓰기 전 많은 사람으로부터 조언을 받았다. 가장 먼저 주변의 지인들에게 '자서전을 써보고 싶다'고 말하자 대부분이 나를 말리려 들었다. 중현이 형(Part 3의 Georgetown Preparatory School 참조)은 '대학 지원서에 쓸 항목을 하나 더 늘릴 생각이냐'며 '이런 것까지 할 필요는 없다'고 나를 말렸다. 사실 대학 지원서에 자서전 지필 경험을 넣을 생각이 아예 없던 것은 아니었다. 분명 자신만의 책을 쓴 경험은 대학에서 입맛을 다실 만한 과외 활동 중 하나이다. 바쁜 10학년 학기 중 이런 책을 쓴 활동을 원서에 작성해 놓는다면 대학 측에서 그 노력 자체만이라도 높게 살 것이다.

글을 다 쓰고 나니 드는 마음은 뿌듯함이다. 고작 16년 인생을 약 12만 자나 되는 분량의 글에 담아내다니, 이 얼마나 값진 인생이었고 또 훌륭한 인생이었던가. 내 모든 것이 녹아 담아져 있는 글을 보자 마치 내가 낳은 자식과 같이 고이 간직하고 싶은 마음이 가득하다. 아무래도 정식으로 쓰는 글은 처음이기 때문에 부족한 부분이 많을 것이다. 어릴 적 유학을 나온 탓에 한국어 문법에 익숙한 것도 아니고, 또 영어권 국가에서의 오랜 생활(이제 고작 4년이 됐지만) 탓에 문장이 마치 영어 지문을 번역한 것처럼 구성되어 있을지도 모른다. 그저 여기까지 읽어준 모든 독자에게 감사할 따름이다. 내 인생의 어떤 소중한 순간들이 모여 지금의 나를 만들었는지 이해하길 바랄 뿐이다.

여러 궁금증 또한 생겼다. 그중 단연 가장 큰 궁금증이라 하면,

'사람들이 과연 나를 어떻게 생각할까?'

라는 질문이다. 시작하는 글에서 설명했듯이 나는 평범하지만, 단순히 운이 좋아 남들보다 많은 경험을 할 수 있었던 사람

이다. 내 글을 다 읽은 독자들이 나를 그들과 같은 평범한 사람으로 볼까? 아니면 내가 서론에서 한 말이 거짓이라며 나를 욕할까? 결과는 알 수 없다.

개인적인 바람으로는 그들이 나를 그저 '전규찬'이라는 한 사람으로서 생각해 주었으면 한다. 나는 전규찬으로 태어났기 때문에 나의 삶을 사는 것이고, 전규찬으로 태어났기 때문에 이 글을 쓰는 것이다. 이 글의 독자 또한 자신만의 삶이 있다. 또한, 자신만의 꿈도 있을 것이다. '전규찬'이라는 사람의 삶과 본인에게 주어진 삶을 비교하는 것보다 그냥 나의 삶을 이해하고 내가 꿈과 성공을 좇는 방식을 이해해 주었으면 한다. 모든 인간에게 주어진 삶은 전부 다르고 또 그것의 모양을 결정하는 일은 본인에게 달려 있으니까 말이다.

끝으로 이 이야기를 들어준 모든 사람과 이야기를 쓰는 데 있어서 도움을 준 모든 사랑하는 이들에게 고마움의 말을 전하며 『나의 꿈(Via Mea)』을 마친다.

2018년 3월